COLLECTION FOLIO

Louis Calaferte

Satori

Denoël

Louis Calaferte est né le 14 juillet 1928. Après une expérience directe de la vie, il publie son premier livre, *Requiem des innocents*, en 1952, puis, l'année suivante, *Partage des vivants*. Il consacre alors quatre ans à la rédaction de *Septentrion*, fresque autobiographique destinée à rendre compte de ses expériences passées et à dessiner l'avenir de ses options intellectuelles et spirituelles. En raison de sa nature, l'ouvrage a été condamné et ce n'est que vingt ans plus tard qu'il sera réédité chez Denoël, en 1984. Après un silence de cinq ans (1963-1968), Louis Calaferte recommence à publier un récit, *Rosa Mystica*, et un recueil de textes, *Satori*.

Il est l'auteur de nombreux volumes, récits, nouvelles, poésie, théâtre, carnets, essais.

Louis Calaferte est mort le 2 mai 1994.

1

... et quand bien même tout ne serait que froide réalité de la folie...

Depuis l'âge de sept ou huit ans j'aime la rigidité cadavérique, qui prend toute son ampleur, son esthétique toute déployée, chez l'homme ou, à la rigueur, chez les gros animaux, tel le cheval. Depuis l'âge où, pour la première fois, je fus mis en présence de la mort — l'aimant, mais sans comprendre : je ne pouvais supposer l'extraordinaire concrétion de stabilité qu'elle impliquait.

2

Il est des saisons — le plein été orpaillé de lumières, ou l'automne mûrissant — qui exaspèrent en lui son goût de l'abandon. Sa mort, survenant, il s'y engloutirait avec une bienheureuse lascivité, comme on passe au sommeil. Si absorbé à savourer ce délaissement de soi, qu'il n'aurait regret d'aucune possession — ni des êtres, ni des connaissances, ni même des désirs en suspens.

Il s'imagine, seul, dans un endroit retiré du jardin, comme se dévêtant de son corps, afin de rendre libre ce qui doit l'être. Rien qu'une nécessaire élimination. (Suicide ou vieillesse, ce n'est pas aussi clairement que se présente la mort ; qui est une chose sale, comme est sale la naissance. Que les deux pôles soient voués à la souillure et que, dans leur intervalle, l'amour et la nourriture le soient aussi.)

Ce monde en tout pollué.

3

Ce Pou noir qui trottillonne sur la cordelette acérée de mon nerf optique gauche. (Peut-être n'est-ce pas à proprement parler sur le nerf lui-même... Juste derrière l'œil. C'est là qu'il niche, depuis mon dernier suicide manqué et que, parfois, je le sens ronronner.) Le glussèlement cuivré du frottis de ses cuissots, quand il s'ébroue, matinal, dans le liquide de la cuve.

Où étais-tu, auparavant, gracile petit Pou de mes insomnies tortionnaires ?

C'est par l'incision mauve du rasoir que tu t'es insinué, ce certain soir d'Épiphanie. Pour déceler et comprendre ta présence, il m'a fallu plus de cent fois ensuite renouveler dans le détail le déroulement de cet acte — disons : de cet échec.

Assis, seul, dans la grande cuisine sans feu, devant la glace posée contre un litre vide sur la table, j'ai plus de cent fois approché l'arme à manche de corne, la main raidie, les doigts ankylosés par l'appréhension — et j'ai perdu beaucoup de sang.

Une simple estafilade, comme un vagin coi, te rappelles-tu ?

Le chirurgien, en sarrau maculé, la poche ventrale bourrée d'instruments nickelés, attendait sur le palier derrière la porte, dans le noir. La minuterie n'avait pas fonctionné. À quoi pensais-tu, pendant que j'étais allongé sur la table parsemée de miettes rassies, et qu'il recousait cette simple encoche — à peine un sexe pudique de petite fille, te rappelles-tu ?

À quoi pensais-tu, petit Pou dorloté de ma puanteur ? Fut-ce l'odeur du sang sur le carrelage qui t'attira ? Ou seulement le hasard ? Tu m'étais destiné.

Maintenant, nous sommes unis. Épris l'un de l'autre. Bave, bave — tes sécrétions ammoniaques s'écoulent dans ma gorge, qu'elles enflamment. Riche orgasme de femme. Je voudrais te caresser de ma langue, à toi aussi te soutirer un bouillon de plaisir, petit éphèbe Pou. Nos amours organiques...

Je t'imagine boutonné jusqu'au col, dans ton rigide uniforme de nécromant blasé. Si ténus soient-ils, les dardillons de tes pattes cramponnées à la surface glissante du globe oculaire me martèlent la tête. J'ai appris à aimer cette douleur venue de toi. Je suis criblé d'orages. (Et ces chiures, que je dois évacuer...) Je souris pour ne pas crier. Et tous, tous s'en vont en haussant les épaules, répétant autour d'eux que je suis indifférent !

Tu as aggravé ma solitude, vif petit Pou orgiaque. Nous nous aimons dans la droiture de notre égoïsme. Ce qui n'est pas nous n'a pas de visage et je me grise à cette veulerie lucide.

Quand auras-tu fini de creuser la spirale qui doit, à travers moi, te ramener au jour — et me fera borgne ? Est-ce que, alors, je te perdrai, dis, ma gouape, petite ordure de Pou éperdument idolâtré ?

4

Des corps marbrés de coups, aplatis et disloqués. D'impressionnants polichinelles tombés et laissés sur la chaussée. Il a plu. Il a plu dans l'après-midi et leurs cheveux sont collés au goudron. Un enfant pleure, seul, adossé contre un arbre dans la rue. Les hommes en uniforme boivent dans leurs quarts et parlent fort. Leurs chemises sont sales. Ils ont des barbes de plusieurs jours. Leurs yeux brillent. Pourtant, la marchande de violettes est revenue.

Et moi ? — j'ai ressenti toutes les violences, les apeurements, les innocences et les inexactitudes. Moi. MOI.

Je n'appartiens ni au clan des morts, ni à celui des vivants.

Quand ils m'auront reconnu, ils me couperont au ventre d'une rafale. Bien sûr : je les insulterai ! Mais la pitié est tellement inefficace.

Il n'y a pas, bêtement, UNE douleur.

Il y a les gammes infiniment subtiles de LA douleur. Il y a son ésotérisme. Il y a son univers à se faire ouvrir pour se voir révéler ce qu'est la volupté.

Je commence à la torture (je parle de la mienne et de celle de quelques autres choisis avec soin).

5

Quelles villes opulentes j'habitais !

Tous les dômes — et le fracas byzance des cathédrales ! Les yeux naphtés par l'encens cardinal. Ces perspectives de palais en dégradé dans l'alambic sphéroïde sous une vapeur de ciel grenache embouteillé d'oriflammes ! L'empois veloutin de ce silence dans lequel je me mouvais — membres gélatineux. Outres surchargées de munificences. J'étais mon propre Christ révélé !

Jamais je ne me suis complètement éveillé de cette mort féconde qui précéda ma naissance.

On consacrait un certain dimanche aux égorgements.

6

Il n'entre jamais dans une pièce sans penser que c'est là qu'il pourrait mourir. (Tous les ornements lui paraissent dérisoires. Un viol de la pure, de l'irréprochable nudité.)

Il connaît le *charme* influent du Signe de la Croix, et s'en prémunit à toute heure.

Il souffre d'une pudeur qui l'incline, en présence d'étrangers (que, pour la plupart, il méprise), à se déprécier lui-même avec une sorte de jouissance mauvaise, et à déprécier les êtres qui lui sont chers.

Il veille à un ordonnancement rituel de ce qui l'entoure, et son désordre n'est que l'assemblage de forces occultes expérimentées émanant des choses.

Il se souvient, chaque fois qu'il se regarde dans une glace, combien, étant plus jeune, il avait honte de son visage. (Honte aussi de son corps — ce qui, longtemps, le tint à l'écart des assouvissements de la sexualité.)

Il essaie de s'accoutumer, en la vivant intensément par l'imagination, à la disparition de ceux qu'il aime.

Il ne peut rester assis chez lui dans la pénombre sans fréquemment se retourner — menacé, lui semble-t-il, d'un coup de couteau dans le dos.

Il ne départage qu'avec effort, après quelques mois, les événements réels des événements rêvés.

Il...

C'est au trépas de la somnolence, prêtre sacré, que j'ordonne les rites fastueux de l'holocauste public. Les torches de résine fichées en terre. L'enfant éventré sur la table de pierre, dans le cercle des femmes en danse. La nuit s'ouvre aux recels ignobles. Je me délecte de l'exquise saveur du meurtre gratuit. Nul n'est épargné. Par le feu, l'eau, l'épée. En parachevant le sacrifice des autres, c'est ma propre mort que j'exerce. Somnambule et voyant, je me tiens, statufié vivant, au centre flamboyant du chaos immobile, à son point d'équilibre anxieux.

De ce promontoire vacillant, l'en deçà n'existe plus que sous forme d'anecdote historique — ivresse périmée...

L'au-delà, dans ses ténèbres constellées, c'est moi. Moi seul.

Tant de gencives corpulentes pour malaxer mon cerveau mort.

7

Je vois qu'il est toujours minuit. Même au plein cœur du jour. *Caméléon cendré tu dors sur mon épaule saoule foulée de l'affolure des foins — et je cherche un langage assez fluide pour sillonner le labyrinthe de ton oreille colchique.* Je vois ces murs où l'on me cloue de balles. *Tu as la beauté des enfants.* La peur — la peur anguleuse me taraude. *Je me blesse à tes lèvres.* Le temps se désespère. Quel est, mais quel est donc cet absurde sommeil ? *Je fus enceint de toi dans une ère inconnue et ta naissance eut lieu au jour dit par les Prophètes.* Je vois ces alluvions d'Archanges. Les champs gangrenés d'incendies. *Tu dors et tu parles en dormant.* D'un pénis olifant, le taureau corne l'édredon brucle du soleil. On affiche un noyé sur la palissade pourrie de la grand-rue centrale, et le rire des jeunes filles est insupportable de molle sensualité. *Tes cheveux débraillés embrouillent ton visage. Combien de siècles me faudrait-il encore pour les connaître un à un ? Je songe, attristé, à tout ce que j'aurai ignoré de toi.* De grands sacs de chaux vive sont déversés sur un cœur pas plus gros qu'un poing, là, en bas, dans le fond de la fosse. C'est l'instant où je m'aperçois que mon sang ne circule plus. Toute question à ce propos serait inutile — nous avons dépassé le temps des éclaircissements. *Les verts foulards de tes sourires.* Ils ont pillé ma maison natale. Sur leur passage ils écrasent tout de leurs gros pieds ferrés. Une libellule même agonise. *Je porte dans mes mains liturgiques tes yeux boucletés d'angora.* Quelque chose de poisseux dégouline des toitures. Dans la rafale des cris, ce silence de vieillard est tragique. Je vois les lumignons des nuques trouées. Ce n'est pas un papier d'emballage qui traîne au milieu de la rue — c'est un homme mort. Les petites filles aux jupes courtes dévalent en râlant les étages. Une sœur aînée embrasse passionnément la croix d'argent suspendue à son cou. *Lorsque la robe glisse sur la peau fruitée des épaules et qu'un mince mouchoir de lumière lunule leur rondeur...* L'arbre torsu se dédoigtèle. Le ciel essoré tend ses joues blêmes aux cabossures des vents. Je vois. Je vois un hiver sans fin. Toutes les femmes seront grosses. *Il y avait des lacs à la lim-*

pidité d'ardoise, des torrents maraudés, des sables améthyste, une crayure de roche, les grelots des genêts, et des neiges d'absence, des carreaux embués, le trépied des Calvaires, des troupeaux nonchalants, la gifle des jonquilles. Je te veux étonnée par des sonnailles aurorales. La flatulence des corps amoncelés au bord des trottoirs devient insoutenable. Que boit l'oiseau dans cette flaque suintante ? Les chants, les chants burelés de mon âme ! Je hurlerai la trahison ! *Caméléon bengale.*

8

Un faisceau lumineux qui balaie une terrasse immense surplombant plusieurs agglomérations ultra-modernes. Je suis ainsi placé, sur l'extrême rebord de la corniche, que je domine le vide de toute la hauteur de mon corps à partir des genoux. Dans le rayon de ma perspective visuelle, je me trouve au niveau des plus hauts buildings. Ces villes champignonnesques jumelées trempent dans une lueur marbrée de filaments sanglants, comme les veinules nerveuses sur une tranche de viande. Je ne bouge pas. Je sais que je ne le pourrais pas, même si je le voulais. Le vide immédiat au-dessous de moi a cette consistance grappillonnaire des têtes d'hortensias. Il ne se passe rien, mais je suis exemplairement heureux.

Je pèle mon crâne. La peau bleuâtre de mon crâne rasé. Comme je pèlerais un radis. Cette opération est minutieuse et me prend un temps infini. J'ai, par avance, la certitude que si je réussis à mener à bien cette besogne ingrate, j'aurai enfin conquis la liberté d'exprimer ce qui n'a pu l'être encore en aucune langue. Je dois faire très attention à ne pas m'endormir pendant ce travail que j'exécute dans le but évident de soulager ma conscience.

Des masques blancs ; visages d'hommes sérieux, qui se mélangent, se confondent, se brouillent, s'étirent, caoutchouteux, se transforment en raies incandescentes, en ondes étincelantes qui se croisent, organisent des figures géométriques, entrelacs, losanges, courbes brisées continuellement en mouvement ; s'allongent, se rétractent, boursouflés, maigrissent, fusent, explosent, bombardements simultanés dans tout le champ de la visibilité : qui annulent l'ébauche suivante. Chocs de verre. Imbriquements kaléidoscopiques accompagnés par un bourdonnement lointain ininterrompu. Je suis comme enrobé, agréablement envoûté par les sortilèges de cette fermentation globulaire.

(Présentement : rien d'autre.)

Dans le soir tourbe, l'éponge rouge glaupe un air magnésique avarié. Ventouses de ses muqueuses déchiquetées qui me halent. Métal aluminé du ciel civelant. Ce goût de sel amer qui m'empourpre la bouche. Ce gel de saoul amour qui m'embouche de pourpre. L'agonie méningée des saxos stellaires humecte les réverbères creux. Mille et mille dentures d'épines me cisaillent les hanches. La blessure béeuse fuligine une encre verdâtre où surnagent, aveugles béatifiés, mes mort-nés enfantins. Langues-méduses des longs pendus que je cajole. Mes filles aux yeux d'asiates. Crânes de nu-velours, que j'extirpe en tremblant au bout de mes doigts gourds. Femelles flasques. Glabres soldats. Comme ils éclatent, boules vesses, cloques menues, comme ils éclatent, écraillés entre deux ongles pâles. (Quels insectes étiez-vous sous cette mince pelure ?) Je vous baptise au versant de mes larmes crues.

Les gares sont encombrées d'anomalies mathématiques...

Il est si tard déjà ! Et les lendemains ont la peau si rugueuse. Agriffé par l'anfre de mes ergots, j'escalade de tout son long le Méridien Zéro. Dans l'aura des tempêtes. C'est un vent fou de semaisons. Je hoque, clape et opprefoque. La lune bananière brode un doux coussinet sous l'auvent des orbites caves.

Nuit physique de l'os. *(Le regard des morts est à supposer ...)*

À contempler attentivement ces deux cercles évidés, on éprouve la rassurante impression de calme et de netteté issue de la preuve tangible qui, cependant, n'explique rien du Mystère. (Qu'est-ce qui faisait, autrefois, que la vie logeait dans cette conque du crâne à présent déserte ? Quoi de plus que cette matière lisse et dure — et qui s'en est allée abandonnant cette forme à son immobilité minérale ? Qui sommes-nous ? Et pour quels temps ?)

Coupées au col, les têtes des deux sexes enluminées de bouquets outrageants se décolorent sur les consoles. Quelqu'un, comme un gentleman parcheminé, et qui n'est pas d'ici, s'est faufilé la nuit dernière dans l'antichambre et module d'une voix moite un vieux cantique hébreu. Dans un très ancien texte, j'apprends en souriant que rien n'est aussi faux que l'évidence. Je broierai ces ossements narquois ! *(Nos coïts de palombes.)* Arriverons-nous jamais ? Ou avons-nous depuis longtemps surmonté l'échéance ? Toute destination n'est qu'une escale ignorée ou incomprise. Les rails lubrifiés sont épiques et, comme je l'ai dit, les gares encombrées de clignements démoniaques. L'aube est toujours absente après l'alcool austère. Ce qui importe — ce qui importe, c'est le silence. Mais voilà : personne n'a la clef.

Bouté à ma paroi cristale, je progresse d'un destin tous les dix ou vingt siècles. Qui, entre-temps, saura mon nom ? Répété si souvent par tes bouches obscènes...

J'entre dans un désordre effervescent assombri par la lune de seigle. Perdu dans l'impasse tavelée de murs en ruine. Les volets décousus battent en grimaçant sur leurs gonds. Au fond du couloir de décombres se dresse l'escalier denticulaire qui avorte le noir.

Qui suis-je ? Quelle folie préparatoire ?

9

Quelque chose d'insolemment humide. Oui. La désolation louvoyante des cafards...

Comme eux, nous habitions les caves et le dessous des vieux papiers. Nous redoutions surtout la lumière, la blancheur, la propreté, la concision. Nous existions obliquement. Experts en bifurcation. Nous savions nouer le mensonge jusqu'à ce point de cristallisation où il débouche sur l'éblouissement de la folie. L'écran de lourds rideaux moisis prolongeait l'obscurité naturelle. Galvanisés alors par notre mutuelle méfiance, nous nous cherchions, haletants, dans la complexité de nos orgueils. Nos rencontres, quand elles avaient lieu, après des espaces d'angoisse, étaient soumises à des approches de reconnaissance qui nous assureraient de notre désarmement respectif.

Ensuite, nos nerfs lâchaient — et nous retombions, loques larmoyantes.

Dans ces instants, oui, dans ces instants il m'arrivait de surprendre chez elle ce quelque chose d'insolemment humide.

10

Tout me porte à Dieu.

Un tourment ossulaire.

Des cassures dans la pensée.

Des césures dans la mémoire.

Une clarté interne beaucoup trop intense.

Des estimations disproportionnées (dans l'espace).

Des accès de conscience détaillée d'un être antérieur.

Un paroxysme fiévreux des sentiments.

Une culpabilité globale.

L'identification spontanée à Dieu.

11

Où voient-ils que leurs hôpitaux soient blancs ?

Ils sont rouges. Rouge-lie. Rouge-brun. Tuméfiés. Kyste. Abceux. Stomacaux. Libation. Langouste. Matrice. Carie. Croupion. Artère. Éclanche. Sérail. Colique. Canule. Billot. Sébum. Œdème. Fibrose. Vomi. Fistule. Hémophiles. Bâillon. Sulfate. Vermicule. Hernie. Ils sont sarcasme et trachéens. — Mais blancs ! Blancs ! Quelle supercherie !

12

Enfant, j'aimais : l'épouvante des autres, ce qu'on disait d'un crime que je ne comprenais pas, qu'on me croie endormi et qu'ils fassent tous leurs bruits mouillés à l'autre extrémité de la chambre, qu'ils entrent à midi avec des visages graves et qu'il y ait entre eux des regards échangés que je faisais semblant de ne pas remarquer, qu'on annonce une mort imminente, que les voyages soient contrariés, que soudain, autour de la table, la joie tombe, voir en jouant sur le carrelage de la cuisine les cuisses blanches d'une femme dans le bouffant des robes, mutiler les cornes d'un escargot, mordre des jambes qui passaient à ma hauteur, saccager les fleurs du jardin, voler et détruire les objets qui leur étaient précieux, assister aux déménagements des vieilles maisons après que le dernier habitant fut mort, sentir cette verte odeur de phosphore dans le cimetière de campagne, penser que l'un des enfants pouvait glisser et se noyer dans la rivière (je ne l'y aurais pas poussé), la voix onctueuse des prêtres, prier jusqu'à m'en étourdir, mettre pour marcher longtemps des cailloux dans ma chaussure, leur mentir à tous avec tant de judicieux entêtement que je voyais le doute s'infiltrer peu à peu en eux —, j'aimais pleurer dans mon lit.

Il y avait des sanglots de martre. Des roitelets insignes. Des vaisseaux éloignés. Une grave colombe. L'andante d'un rosier. Des capuchons de neige. Les maisons grandes ouvertes. Des bêtes qui fumaient. Le secret des cuisines. Un vin flore saignant. L'homme assis sur la pierre. Des bordées de zinnias. Une fille-abricot. Le cabris des carrioles. Cette mésange au mur. L'aurore apostolique. Du grain dans le grenier. L'arbalète des tours. Un chemin rocailleux. Des frissures aux branches. L'arguis des sauterelles. L'eau froide dans les verres. De lourds buffets cirés. Des bocaux de cerises. La rhubarbe tigrée. L'or cuivré des citrouilles...

Il y avait un insensible relent de mort.

Comprenez bien que mon motif — c'est la haine.

13

Il enfilait des vêtements propres. Les chemises étaient blanches et fraîches. La peau les recevait avec un plaisir intime dont il jouissait secrètement. Une femme souriante lui tendait une cravate qu'il nouait devant la grande glace à dorures dressée sur la cheminée de la chambre, comme biseautée en son plein milieu par un large rayon oblique de soleil venu du jardin. Se regardant, il trouvait que le blanc du linge lui allait bien. Tout ce qui était boiseries dans la maison avait été astiqué la veille. Il aimait respirer cette grêle odeur de cire. Le lit avait deux oreillers. Un désordre de livres en piles recouvrait sa table de chevet. Il avait conscience de son corps. De l'ensemble de son corps. De sa découpe dans un espace donné. Du jeu de ses articulations. Il s'asseyait sur le bord du lit pour mettre ses chaussures. Il estimait son bonheur — et se signait, en remerciement, sans être vu. Il était sur le point de sortir. Cette femme qu'il aimait l'accompagnait jusqu'à la porte du jardin et s'approchait de lui pour être embrassée. Il descendait la rue ensoleillée entre les façades des vieilles maisons campagnardes. Il se retournait, au même endroit, toujours, envoyant de la main un petit signe d'adieu. Il se sentait envahi par le besoin de s'exprimer. Destiné aux apothéoses du langage.

Puis, il y eut cette terrible éclipse...

Combien de sommeils ! Combien de morts ! Ô ! éloignez de moi ces tisons et ces fers ! Que les couronnes me soient douces. J'aime les vents ulvules, le scalp des varechs. Tambours ! amoindrissez vos sèves. Nous aurons chaque soir de longues conversations pacifiques et je vous enseignerai la suavité du calme. J'aime l'orange des déserts. L'oriflamme des oraisons. Épargnez-moi les soirs d'attente. Les nuits grotesques de noirceur. Où avez-vous caché le diadème éphémère des ondées matinales ? Les vallées de partout sont pesantes de fruits. Je comblerai vos faims et vos frayeurs de faibles. Assassinez le spectre du hasard ! Je veux vivre par l'exorcisme. Mon cœur rudoie les impatiences. Restez dans la posture des bêtes, couchées, confiantes, autour de moi. Voyez le blanc palmier des mouettes. L'orphéon des cris enfantins. Je venais pour vous réunir. Qui m'a compris ? Abritez-moi de l'éclat glyçolé des lances menaçantes. Que je ne puisse plus m'écorcher à leur fureur. Ce vin qu'on m'a servi dans le bocal des roses... Je vous nomme par vos noms et vous me connaissez. Vous savez bien qu'il y a une paix des villages. Ne troublez pas les labours endormis. Ce qui viendra est en promesse. Je soutiens l'orphelin partage. Refoulez le grand nombre et ses arrêts de dérision. J'aime l'aigrelis des écumes. La frondaison de leurs crinières. Ma mère viendra à mon trépas me réchauffer de ses mains vieillies par les besognes. Qu'on leur laisse à tous l'intimité des chambres mortuaires. J'ai cueilli en passant des oiseaux claironnants, des effluves de bois, des haltes de clairières — ô ! que les mers soient essentielles ! — une colline crinolinée de primevères captives. Qui, furieux, prononce en moi : hâtives crimevères ? Car je n'aurai bientôt plus la force d'éclairer votre confusion.

Le rire tonitruant qui me répond dans la glace où je me regarde.

Alors, les jeunes filles collégiales étaient oursées de tarpécules astringales. Je me les rappelle distinctement. À un moment donné, généralement à l'heure du goûter, leurs sourires concertiques se détachaient de leurs lèvres comme des copeaux d'argent. Tourterelles. Elles jouaient au mariage du faune dessous un grand sapin que leurs aïeux avaient planté. Les chiots noirs et jaunes mordillaient le bas ajouré de leurs robes. Elles jouaient à me tenir à l'écart. Je me les rappelle distinctement. (Peut-être même m'avait-on défendu de les regarder à travers la grille.) Elles avaient des frères plus âgés qu'elles qui préparaient médecine. Le miel coagulé des tartines. Elles arrivaient, roses et blanches, dans des collerettes d'organdi amidonnées. Ce n'était, à elles toutes, qu'un gros lotus frisé sur l'espace de gazon. Brûlure des après-midi d'août. Une femme qu'on ne voyait pas finissait toujours par les appeler du haut de la terrasse précédée par un vaste escalier blanc. Le soir, leurs rires clochetaient longtemps encore sur le village reposé.

14

Il eut des difficultés inouïes à enfiler l'épingle exactement au milieu de l'œil incompréhensif de la mouche.

Ces choses — ces choses obsédantes au centre de la cervelle, qui se butent, épileptiques, aux galandages du crâne.

Ces corps étrangers — mais qui n'ont pas de nom. Du moins : qu'on ne nomme pas.

Ce manège de grenailles plombées qu'elles articulent.

Les jours, les heures, les nuits pendant lesquels elles savent se faire louves. Les temps pendant lesquels elles ne sont plus — simplement. Émigrées. On croit à leur disparition. Puéril. Comme elles doivent rire et se frotter les mains, là-bas, au fond de leur fumier de choses chimiques innomées. Comme elles doivent se congratuler et gigoter de plaisir dégoûtant. (Elles s'envergent — je le sens. Elles sont mâles et femelles. Elles procréent. Elles sont mères-rats. Fermentées. Elles creusent des trous irréparables dans tout ce compost de moelle pour y pondre la semoule de leurs œufs.)

Est-ce à moi de les nourrir ?

Ce ne fut, d'abord, autrefois, qu'une inspiration informulée, mais lancinante, escortant ma solitude chronique. *Explorer les taillis de Dieu.* Je priais, comme j'aime, en marchant. Exclu en l'exil du monde. Je priais, comme j'aime, en passant sur la place poudrée de sable rouge. Toute présence humaine m'est une provocation et j'invoquais le soufre, les orages de Sodome. Justice ! — Dieu de verdict, m'aiderez-vous enfin à décimer ces races ! Ne suis-je point votre envoyé ? Et comment, sans vos épées glorieuses, exterminerais-je tous leurs enfants du vice ? Armez mon bras, que je sois invincible et invulnérable ! C'est un à un qu'il faut les prendre, les frapper, les réduire sous le pied, effacer jusqu'à leur forme afin de s'assurer par soi-même de la totalité de leur mort — et encore décaper aux acides le lieu de leur sacrifice ; que le sol y soit cent mille ans stérile. Je suis votre poing de colère, Seigneur ! L'édit diluvien de votre Verbe. Et après les enfants — leurs mères ? Ainsi, Seigneur ? Puis, les mâles ? Nous les assemblerons par milliers sur des terres creuses qui les engloutiront. Puis, les objets dont ils usèrent, le diabolisme des livres. Un feu de majestueuse clarification. Puis, les bêtes impures. Ainsi, Seigneur ? — ainsi ? Illuminez-moi par la prière, comme j'aime, en traversant l'ignominie des foules.

15

Une incidence de musique. Fines murailles d'un brocart cloquelé, les lèvres s'empourprèlent. Nous dessinions des jardins de rocaille aux plantes énigmatiques. Midi nu. Midi blanc frémissait des naseaux. L'éclat du temps suspendu comme une écharde. Vin velours buissonné. Les arcades bleu-blêmes. Tu restais dépeignée, penchée sur mon silence. Les abeilles buvaient un bronze ovidorant. Ton nom ? Ton nom m'échappe. Je lissais sous mon doigt le carcan de ton cou, ta poitrine oscillante. Le harpiste égrenait des grelots de myrtilles. C'était si triste et doux, qu'on suivait des convois lentement funéraires. Nous nous comprenions pour nous taire. Le réséda carlait sur un rebord d'azur. Ton nom que j'écrivais en calice d'église. Pourquoi cette amnésie ? Tu étais ma soliste. Je demeurais des jours et des jours engourdi dans tes nasses. Les après-midi lourds de leurs gongs assonants... Les vents de sucre-soie... Nos deux vies assemblées. Un piment dans l'espace clarinait d'argentèle, chant pie de l'alouette. Luxueuses coquilles de ventres renversés, des vases près de nous débordaient de tulipes. Au loin d'œil à foison un nuage loutré se clorait d'alvéoles. J'ai oublié ton nom au trébord de l'été.

16

Je porte enceinte cravate et col blanc, empesé, empoissé, enfoissé de turquoises virlandes qui gouttent, glairolulent, coalées du trou gorle, imberbe bouche ivrante languissamment lovée au phalle médullaire de mon aorte vénérienne. Mon plastron de nacre est un bourgeon orphique où viennent s'encorbeller les cheveux des femmes florilèges. Live glaise d'amour. Luxées de sexe opian, elles lanvent, gourlandes, à ce sorbe cramois pâmoisé. (Du temps de mon aquatique Éden, je m'accouplais sous les lunes moroses aux filandres végétales, enlacements visqueux, cordelières étreintes — et, frivole, frottais mon embonpoint d'écailles grumeleuses aux crins ardus des poissons-scies. Quelque part de moi se souvient encore, aujourd'hui encore, après tant d'opacité quotidienne, du crénelin de mes nageoires hérissées de barbues corallines. *Qui a voulu que je sois soustrait aux eaux ?* Une mangouste auxiliaire s'allaite à mon sein. Je souffre en silence le crampon étroit des morsures. Trop de femmes, oui, trop de femmes cherchent une proie...)

Ô ! Mère ! Mère perverse ! Pourquoi m'avoir frustré de virilité ? Je ne puis m'empêcher de palper avec épouvante cette couture granuleuse qui me clôt le ventre. Cruelles et autoritaires, le regard affranchi, elles s'étonnent, en gloussant, de me voir pleurer mes urines. Mais tout est perle dans mes larmes, et je passe mes nuits à leur confectionner de longs colliers phosphorescents dont elles parent leurs poitrines obsédantes — ces nefs ogivales, roides édredons qu'un jour j'enclouerai de la pointe de mon index barbare, que je déchirerai entre mes dents agacées. Car un jour sera où je m'aspergerai de leur sang nauséabond, écorchées vives, leurs sexes en tabatières — où, enfin, je me nourrirai de leur chair attisante. Car enfin, comprenez : il faudra bien un jour que je les tue. Si vous saviez, ô Mère bienheureuse ! comme elles sont immondes et belles ! Et je voudrais tellement pouvoir dormir en paix !

(... elles m'ont ancestralement humilié en m'excluant de leur luxure.)

Le boudinement de ses orteils nus dans des sandales d'appartement. Entassés, comprimés les uns contre les autres, grassouillets, mollement blancs. Un gros essaim de courtes limaces crevées. Elle avait *cela* au bout des pieds, ces dix petits abcès de suif, et elle ne s'en doutait pas. Une lourdeur m'oppressait l'estomac.

Le monde blennorrhagé s'achemine vers un écoulement silencieux.

17

Hospices, asiles, sanas, police, suicides, urgences, main armée, délinquances, scléroses, sérums, résections, foudroyés, flagrant délit, famines, insurrections, cancers, malversations, exils, thermocautères, amputations, pistolets, gangrènes, escarres, proscriptions, épidémies, débâcles, pilons, bandages, vaccins, réclusions, bacilles, faussaires, séquelles, trépans, sadiques, déraillements, explosions, fusillades, ablations, cours d'assises, proxénètes, bistouris, escarmouches, saignées, tétanos, quinine, éboulements, cyanoses, maisons de force, glaucomes, effractions, avalanches, traumatismes, seringues, répressions, attentats, occlusions, neurologues, Golgotha, laxatifs, escroqueries, syncopes, inondations, bagarres, transfusions, léthargies, trahisons, cataclysmes, congestions, guillotine, cachexie, dissections, assassins, gynécos, crétinisme, typhoïdes, drains, sondes, agrafes, ouate, sutures, prothèses, infections et prophylaxie — l'enfer, nom de Dieu ! L'enfer !

Je leur parle avec des mots poétiques. Ils font un effort pour ne pas me rouer de coups. Je les regarde avec des yeux empreints de bonté. Ils me rendent des regards de lame. Je leur souris avec sympathie et confiance. Ils crispent leurs bouches minces.

Alors, je m'en vais — et ils me fusillent dans le dos.

18

... démone... je fructe tes nectars... ta voulpe d'émeraude... je m'endiamêle sous tes bisons chevus... douce alampée d'algues... ce susurrant déferle au goulet de tes cuisses... murène... j'épluche tes branchies... ma friandise... laisse ruiter ton cabolis de mûres lunaires... que je m'en ensanglante... alvine... tangue-roulant démâté dans tes cales... galiote !... mais où suis-je ? quelle Mecque ?... mes cargaisons éparpillées... je te ramenai esclave nigrite en mes fers pinéans... tous les tam-tams énervelés spasmaient alors nos ruts... le hallali des ânes sauvages... nous avons labouré les jungles... crustace... ostale... je t'enchaînerai nue sèche et décousue, silure, à ma vergue sépulcrale...

19

Délivrez-moi — ô par pitié délivrez-moi !

Toutes les rues sont gutturales. Les enfants se font écraser. On patauge dans les marais. Les sangsues grasses collent aux jambes. Mon sexe est noué par les lianes. Le bois craque dans le silence. Les horloges sont fatidiques. On m'assène des coups violents. Une ombre me suit chaque nuit. Elle m'attend derrière la porte. Comment me pendre ? — Les cordes sont pourries. Les verres se brisent dans mes mains. L'évier est grouillant d'araignées. On a faussé les glaces. Les couloirs sont déserts et si longs. Les tapis usagés. On vrille dans les cloisons. Quand j'appelle, personne ne vient. Les pneus dérapent sur le mouillé. Toujours ce vent chaud qui me sabre. Je ne puis fermer les yeux. La vitre est une large plaie sale. Mon lit vogue sur une boue. Des voix ondulent au plafond. Ils scandent des insultes. Le robinet lâche une eau sombre. Mon linge est maculé d'urine. On emprisonne ceux que j'aime. Ils me surveillent depuis les balcons. Je me blottis sous les armoires. Ils ont mis dans mon pain des tessons de bouteille. Je me suis écorché les lèvres. La mie était rouge de mon sang. Pas de traces ! — pour qu'ils me retrouvent ! J'ai dû lécher tout. Ça n'a pas de goût. Des débris coupants se sont plantés dans mes gencives. Je supporterai tout sans un mot de plainte. Une main glisse sur le carreau — ensuite ils éclatent de rire. Les toits humides sont limaçants. Sans ces rumeurs, je dormirais. C'est une dangereuse tentation. Il faut que je sois en éveil. Je ne les entends pas venir, pourtant ils suspendent de longs cheveux de femme à la poignée de ma porte. Ils attendent l'instant propice. Mais je reste le dos au mur. Je suis armé d'un couteau à cran d'arrêt. Ils ne m'auront pas par surprise. Je n'éclaire jamais la pièce. Et je sais retenir mon souffle. Il y a, quelque part, des chevaux. Les hennissements sont douloureux. Ils font aussi crier des femmes. Le plâtre tombe par endroits. Ils ont renversé du café au lait sur ma table. Toutes les sonnettes grêlent ensemble. Un soir, ils se sont attroupés dans la rue, sous ma fenêtre, en proférant des menaces. Je n'ai pas bougé. Je souriais intérieurement de leur naïveté. Je déchire sans les lire les lettres qu'ils m'écrivent. Je ne m'en irai pas d'ici.

20

Issu d'une grande ferveur religieuse infusée dans le sang de mes ancêtres (j'aimais les croix, l'auréole translucide des statues pieuses, le jaune ennui des cierges, les bouquets de la Fête-Dieu, le cours monotone des processions, la splendeur des chasubles, l'Enfant-Roi au vitrail, l'ombre équivoque du confessionnal, la pesanteur cuirée des livres, le vin dans les riches burettes, l'ornement compliqué des autels, la grotte cramoisie des tabernacles, l'élévation et son hostie, l'écho des pas dans la travée, le long fuseau des colonnades, les noms effacés sur la pierre, les yeux fermés des pénitentes, l'essoufflement des harmoniums, l'enluminure des missels, la parabole du bon grain, la fine averse des clochettes, la coupe des fonts baptismaux, les ferrures des grands portails, la paix vieillotte du silence, l'usure au ventre des prie-Dieu, la blancheur calme des dentelles, la somnolence d'un vieillard, la timidité des chapelles, un brin de buis sur le dossier, la toux qui résonne longtemps, les draperies fleuries de larmes, un visage enfoui dans les mains, la paille safranée des chaises, l'eau qu'on se passe au bout des doigts, le parfum moisi d'un recoin, le flexible de leurs murmures, cet abri dans la confusion, le plâtre bariolé des saints, les épaules courbées, un enfant las qui bâille, ce qu'on suppose de fardeaux, la velure des bancs cirés, François au milieu des oiseaux, l'ivoire ensanglanté d'un Christ, le suisse gras sous son bicorne, la voix des hommes dans les chants, la pensée brusquement absente, cette profondeur de sépulcre, un désir d'être dorloté, l'assurance des patriarches, les mosaïques malhabiles, quelque chose de son enfance, les bouches à la communion, le fracas d'un livre échappé, la pourpre sombre des tapis, des mains croisées sur les poitrines, la nonchalance des signets, cette unanimité sereine...) pourtant, je ne trouvais pas mes mots...

Les grands automnes cuirassés. Pelage bistre de la terre somnolente.

Il est attentif à ce dénudement graduel du paysage, à cette agonie journalière qui, lentement, se parfait dans la luxuriance flamboyante des couleurs. Jamais autant de chaudes splendeurs qu'à l'instant de disparaître. (La mélancolie, la colère impuissante qui l'étreignent à ressentir l'inutilité de la durée, promise enfin au déclin.)

Dévasté par le vent, le ciel autour de lui a cet éclat mat du vieil argent qui accentue sa profondeur où il n'est plus possible de déceler que la dimension angoissante de sa propre solitude. (Dieu est absent de ce pourrissement.) Devant la maison, la maigreur noire de l'arbre dépouillé. Il a le sentiment que la mort est l'expression du Mal à son plus haut degré. (Sa main ouverte glissant sur l'écorce calleuse, qu'il caresse avec insistance, comme un col de bête ; pénétré de respect pour le mystère de cette vie qui est aussi celui de toute vie. La pudeur le retient d'un embrassement.)

Il songe, attendri, à tout ce qui est mort, déjà, depuis la fin des chaleurs — insectes entre les herbes. Et comme ces morts chétives semblent insignifiantes. Dans quel éloignement, quel silence elles ont lieu. (L'écart est-il le même, de Dieu à nous ?)

Tourné vers les rafales, il offre son visage à la moiteur fade du vent.

21

J'entrerai dans vos villes à la tête de dix mille hommes, tueurs disciplinés. Nous investirons rue par rue, maison par maison, famille par famille. Nous n'interrogerons pas. Nous serons sourds et logiques. Nous fouillerons patiemment les moindres recoins. Chaque groupe de mes hommes saura par avance quelle est sa mission. Il n'y aura de notre part ni agitation, ni confusion, ni hésitation. Les exécutions se poursuivront nuit et jour, sans colère, sans précipitation, sans passion. Je vous ai condamnés — tous. Ce ne sera qu'une affaire de méthode.

Les printemps sont atroces.

Nuit endocrinienne. Les Roses se déchirent.

Je fus à dix heures dans l'oblat du crime. Intentionnellement maquillé. Avec peine sur mes reins brouillons. (Cependant, tous m'avaient réformé comme ulcéreux incurable.) *Je ne parle pas du froid anatholite !* Une foule angoissée de corbeaux manifestes sillonnait le terre-plein en ployant sous le poids de ses bagages de luxe. Ils se partaient d'exil pour des Mackonésies fluvaires. (Comment trouver en moi assez de chagrin, assez de désespoir ?...) J'avais à mon bras mon amante savonneuse — ; que d'yeux ! que d'yeux soupçonneux et viciés ! Nous flottions sur un décor de paratonnerres. J'invitais les dames à danser et à boire la bière moustiquée de l'endroit. (Ivres abdomenales, ces autruches lampèdes ! j'en voyais d'anthracite, de comanche, tournesol — et il ne fallait guère oublier la dîme des tickets de quai.) Si seul, déjà, dans ce brûlot foulier. J'avais, certes, aperçu la tornade qui menaçait. (Par diversion et pour me rassurer je me remémorais les campagnes abruptes — et que je n'aimais ni les sycomores ni les saules : arbres notariés.)

Qui me glissa dans la main le couteau ? Simplement, je l'y trouvai : dauphin noir. Mon désir de meurtre n'était encore qu'une esquisse. (Nous nous gaussions du vent dans les kilts — et il y avait de quoi !) Les baisers prune nous embaumaient. Ah ! l'enfuge ! Accoudé à la balustrade arabelle, je dominais le sec panorama d'étincelles, le lacis lumin des tramways ferraillant, ou la cornette des sœurs sachristiques. Humant des flovées de poussière. (La Liberté sur un socle d'olivier...) Les hôtels étaient pleins en six langues. C'est sous le porche moyenâgeux que le préposé en casquette marquait au fer rouge les croupes altières des juments demoiselles ; tandis que je m'éprenais de dentelles — il nous fallait tous nos gosiers candis. (Les mamans avaient des mouchoirs...) Quelques Rita brunesques montaient sur les bascules. *Cette mélancolie à l'approche de mon désert !* Je lisais l'horoscope dans la mosaïque du hall. (Après avoir traduit de l'allemand, ma langue congénitale.) Écrirai-je des chefs-d'œuvre ? — tel était l'enjeu. Qu'un dieu étanche ma soif de génie ! La veille au soir j'avais déchiré ces milliards de livres imbéciles qui continuent de s'écrire et de s'imprimer à l'ombre des civilisations alphabétiques. (N'ayant ni fils ni héritier — et mes autographes absorbant le monde.) Or, voici qu'elle partait. Rayonnante. Qu'aurais-je fait sans elle de mon surcroît de culture ? Des poèmes cymbaliens me ruisselaient des lombes. Je n'étais plus qu'un chaud déluge ! (Avait-elle interprété mon désarroi ?) Je lui achetai même des bonbons pour la distraire... Elle savait par cœur les noms câprelants des escales. Pourtant, ce que j'avais à dire aurait asséché les capitales ! Maintenant qu'elle ne m'était plus égoïstement réservée, je haïssais sa joliesse puérile. (Le cadran des horloges — ô ces bouches stupides !) Nous avions tant défailli ensemble aux tocsins des villages... L'instant où je compris que je ne pouvais parler que pour exprimer les diversités de son nom !

Dur, le couteau blêmit, fendu dedans ma main. Elle m'offrit ingénument sa gorge. Les gens étaient joyeux. De cette bonne humeur famélique. Nous nous étreignîmes pour la séparation dans une accolure de sang. (Le crieur de journaux, un garçonnet placide, me désigna d'emblée à l'attention des voyageurs précoces.)

22

Guenon ! — nous coïtâmes lugubrement — de nos sexes imberbes — calvitieux de vieux vioques enviciés — grand-mère ! — les plissures de tes outres — ô ! seins mous ! — je bandais par écarts — limaçon — mon ancêtre ! — tes rires édentés — grenouille ! — nous copulions nos plis — tes omoplates creuses — nos jarrets de lapin — je salivais dans tes tanières — l'entrechoc des tibias — nous reculions nos agonies, tissant de mes doigts crochus tes cheveux clairsemés — j'aimais la ronde nudité à l'arrière de ton crâne — bosses articulaires — je rampais qui mieux mieux ton squelette — nos passions ! — ivressement joviales, grivoiseries d'arsouilles — ta voix — décrépitude rouaillée de ravages, murmurait : mon barbon — pineuse surannée — nous avions des accès fugaces, des crises qui nous échinaient — grimaude ! — je me plantais comme un héron, pistolant ton cul maigre — mes bras ! ces tentacules à tes reins amoindris — ma grive ! — je trimais, fourbu — ô ! laide ! — épeire ! dans tes pattes cornues — sous tes baisers de rides, tes arquants épointés — nous cognions nos épaules — des rires, des secousses, des esquisses d'assauts, un regain de pucelle et des clins d'yeux roués — crapule ! — trop blême pour rougir — comme nous hoquetions nos quintes — avides de durée, épurés de la honte, clairvoyants et pressés, la mort gloute à nos trousses — oiselle ! — quelle faim d'ogre nous tenait — je m'arrimais à ce chardon irradiant de jeunesse au fond de ton regard.

23

Oui. Dire oui. Le chuintement femelle du oui.

Je jette dans la foule livide d'hystérie mon corps maçonné par l'étoffe. Mes seins exorbitants tonnent sous le suaire musclé du corsage transparent. Lente blondeur de mes jambes colonnées dans la liqueur carne du bas. La rage civilisée amincit le fiel des yeux mâles. Meute. M'embrase. Me torrente. Ardillons des épingles. Bêtes ardentes, ils me pistent. Ils m'espionnent. Le viol arqué dans leurs phalanges. Je suis partout écartelée dans les anfractuosités de la nuit nymphomane. Ma bouche vulvaire vaselinée de fards leur glace le sang. Ils me mordent en passant de tout le désespoir de leur dignité pathétique. Et tremblent. Sexes-cobras, nous piétinons ensemble sur la margelle exiguë du délit. Je vibre, frissonnante, de l'intensité héroïque de leurs envies sauvages. Oui ! Oui, tous je vous porterai sur mon ventre. Tous vous enterrerez en moi ce long pavot drossé. Oui. Oui.

Je m'incarne, délivrée, dans la combustion femelle du oui.

24

Consomnolence. (L'acidulis grincelet persicule de ses gouttelettes d'acier carnivore l'oreille enfouie, tapite aux profondeurs d'épaisse avoine gluteuse, sous le matelas bourrache du coma.) Ce qui n'est pas conscience immédiate est uniformément liquide.

Quoi, lointaine, indécise, qui persiste ? La frange frémissante d'un ourlet brumaire. Les verstes du silence pulvérisées s'ébrindillent, effloconnant l'ultime vestige des paysages endolis. (Grissure des dentelagés lacérés. Le crissulement uructe, sonde métallique glaciale, de part en part la cavité pulmoneuse des ouïes.) Encore... Les ravins rouges du sommeil. Encore... Enchifrené dans la vaste houppelande au fond du calorifuge ovarien. Encore... J'entends encore le vermillon limonaire de la dernière vague décrépitée sur le dossan de la lagune luminescente ;

comme je l'entends, l'entends, et sa longue rumeur qui m'évrillonne. Ta housse chevelure cavalière d'ambroisie, pétales de chair vénielle. Encore... De quel rêve nébuleux te hisses-tu jusqu'à moi encore ? Mais il faut...

Mais il faut éloigner les soubresauts exquis de la mort — et vivre en titubant.

25

Après-midi femelle.

Elles lacent leur sensualité dans des frissons de robes.

Il y a les tissus-cuisses, les tissus-seins, les tissus-fesses, les tissus-tailles, les tissus-hanches, les tissus-pinces, les tissus de l'ampleur qui sont l'entrée promise, il y a les durs tissus-pubis, carénés, ostensibles.

Elles sont l'œcuménisme des foules ; faites pour être communiées, conduites entre les glaives, jugées et condamnées, souffletées, flagellées, bardelinées d'épines et cassées sous nos croix. Elles sont le noir reflux d'une vieille démence. Les dimanches de la Passion.

Je les crucifie flegmatiquement dans mon œil.

26

De châtiments. De corps à corps. De rapts. De bipèdes. De manigances. De tempêtes. D'éruptions. De cris rouges. De chevaux enragés. De déclins. D'étincelles. D'yeux crevés. D'assaillants. De comètes. De digues. De candélabres funéraires. De tourniquets. De spectres. D'entrefaites invraisemblables. De flagorneurs. De fronts cireux. De barbelés. D'effractions. Du velours de sperme. De frimas. De cercueils plombés. De la vertu. De l'alcoolisme. De la dernière excavation. — Obscène égrillard ! Je vous détruis ! Je vous détrousse ! Je vous expulse ! Je vous blasphème !

Je vis dans le nerf. Le magma. La pâte excédée du nerf. Tissage ophidien. Cet épi martyrisé. Tout écho des sensations extérieures, si faibles fussent-elles, à l'origine, me parvient multidilaté, à son expression de virulence maxima. De relais en relais sa répercussion est aggravée de secousses secondaires accrochées en cascades, qui se conjuguent, s'amalgament, s'écrasent à leur point d'impact avec la brutalité d'un projectile tiré à bout portant. Il n'y a pas de neutralisation possible à ces agressions incessantes — sinon le coma. Le coma artificiel du toxique.

Suicider chaque jour sa lucidité.

Toute ma force vient d'une totale absence de lest intérieur.

Leurs visages que je voudrais friper...

Tuer. Tueur. Abattre. Abattage. Masque. Merlin. Maillet. Cheville. Couteau. Couperet. Pistolet. Tranchoir. Hachette. Tailloir. Billot. Brochage. Crochet. Dépouillement. Découpage. Échaudoir. Boyauderie. Abats. Déchets. Graisse. Scie à os.

De grands troupeaux nonchalants m'embuaient du regard.

Je cherche à m'endormir.

27

Tout ce qui meurt en nous.

Virulente ! La rage ! Mon intime carnage. Je me trouble — tandis qu'un emblème lunaire se ramifie dans mes narines chevalines — les croupes, ô, les croupes circonférales de mes cavales amoureuses !

Je suis un volcan en sueur. Ma mémoire peigne ses blattes acrobatiques.

Silence !

Eux aussi, les objets, eux aussi sont monstrueux. Détenteurs d'un pouvoir mauvais. Placés en travers du chemin et ligués, malfaisants, pour me harceler. Hameçons. Grilles. Fers rouillés. Sinistrement rognés de lèpre. Bruissent. Craquellent dans la nuit. Ils sont plantés derrière les portes. Crochevillés aux poches d'ombre. M'attendent. M'encerclent. Me pressentent. Hypocritement innocentés par leur passivité fanatique. Ils grommellent, ils croassent. Rostres. Leurs cuivres thoraciques. Ils accidentent le couloir, s'augmentent de silhouettes portées, profilées, difformes, sur les murs. Tiges d'acier. Limaille. Crocs. Serpents des chaînes enroulées. Ils obstruent l'entrée des caves.

Je suis sur mes gardes. Depuis toujours, défiants, nous nous observons. Je ne me laisse pas abuser par la feinte placidité des formes. Les cols effilés des vases gargouillent d'un rire aigrelet dès que je m'éloigne. Mon cou échappe aux nœuds coulants des anses. Ils s'accumulent. Sur leurs trépieds, ils se rapprochent. Serrés. Leurs angles sont blessants. Couvercles aux rebords hachurés. Des entailles douloureuses dans les paumes. Pointes torses. Ressorts insaisissables. Ils voudraient m'expulser. Que je n'aie plus de place. Ou, peut-être, ou peut-être profiter de ce que je suis allongé sur mon lit pour détendre leurs antennes de fil de fer et me trouer, s'immiscer sous ma peau, racler l'os, me paralyser de l'intérieur.

Je ne dors pas : j'écoute.

28

Conquistador nerveux — par toute mon ampleur et les coqs saluant j'enfante des continents neufs ! Gestés, ces chers bichons, pour une ère infernale qui me devra tout ! Avant et après — je biffe ! D'un trait de plume ! Holà ! Ça branle ! Je sens de noirs échos ! Des récris de poupard ! Force ! Force ! Haro ! Au butoir ! À l'empale ! Au gros nœud ! Que ça crique et ça fouaille ! J'y mets mes testicules ! (et pas rien que ça !). Au cosaque ! À l'emphase ! Au burin ! À la faux ! Hi et han ! À la hache ! Massicot ! Mercenaire ! Je laboure, sarcle, extraille ! Plus un déchet ! Plus un biniou ! Plus un arpent qui soit valide ! (J'ai bradé les cons des pucelles — cette foire !) Mes dents vernies ! Un œil au cul ! Pas les deux pieds dans mes savates ! Biglez ! Que non ! Il y a belle lurette que j'ai mouché l'anus solaire et roulé la bâche du ciel ! On joue dito devant les murs ! À froid ! À nu ! À l'étripaille ! Si ça ne suffit pas — j'opère ! Je ne suis pas un amateur, dites donc ! Et mon temps est précieux — des fois ! Gaffe ! Gaffe ! Double-Dieu je m'aboule ! Plus n'est question de rigoler entre putois punais ! Non mais ! Ces redondants croque-jarretières ! J'ai l'œil ! Le bon ! La hûmulure fin raffinée ! À panse ouverte ! Je la choperai, moi, la tumeur ! Dussé-je (dussé-je !) m'en foutre jusque-là ! Le sang, pardieu, c'est capiteux ! J'irai au bout de la gésine ! Un veau d'or dans vos cabinets ! Ça vient ! Je pousse ! Vous n'aurez plus qu'à remblayer ! Lavasses !

29

Pourquoi est-ce un soir de peine capitale ? Je ne m'attendais pas à cela en mettant le pied dehors. Pour une fois que je m'étais baigné, rasé et parfumé. Mon costume de flanelle blanche, ma chemise à jabot. On ne m'avait rien dit — et j'habite de telles profondeurs capitonnées que les rumeurs publiques ne s'infiltrent pas jusqu'à moi. Mille excuses !

Je trouve la rue bien dégoûtante si vous voulez mon avis. Avec tous ces filets de viande humaine et ces os fracturés, ces étoiles de cervelles et ces têtes qui roulent — du plus comique effet. Je n'y étais pas préparé : mille pardons !

J'avais idée d'aller flâner sous les platanes. Je vois bien qu'il n'est plus l'heure des promenades sédatives. On reçoit des gifles de sang à vous couper le souffle. Quand je sortais, le garçon livreur (qui est une vieille connaissance) m'a remis la cuisse de ma maîtresse, grossièrement emballée dans du papier journal. Je n'avais pas de monnaie pour le pourboire (il reviendra). Mes vieux amis pendent aux branches. Je les énumère en passant. Ils font des mannequins grotesques. C'était et c'est toujours mon opinion : on a la mort de sa vie. Les malheureux ! — maintenant s'ils pouvaient se voir ! Fini le quant-à-soi ! tout cela est lamentable — et d'une inspiration primaire. Si j'avais été là ! Si l'on m'avait mandé ! J'ai tant de ressources dans le tragique — mille regrets !

Je marche à reculons vers mes funérailles.

Villes hydropiques — je vous ai connues. Un vrombissement de muscles malades. Habitant vos chambres erratiques où je saillais molossement des femmes mithraènes. J'épucelais le clabaud des lanternes noyesques. Villes-harengsaur — je vous ai saluées. Sueur d'agate. Je tournoyais alors dans des soleils séculaires. *Tous les beaux yeux noctis que je tribulais au passage !* Villes-truelles — je vous ai perlombrées. Sourçant vos rues astronomiques étoilées du Sceau rubilescent des Syphilis flurigènes. *Toutes les gageures que j'ai tenues au passage !* Je n'étais pas si dément, alors... et mon cœur se flétrissait comme une poule d'eau. J'ai lambiné vos pavés pustulaires en me récitant Novalis et tous les inspirés d'autres contrées sépulcrales ; mais il advint que j'oubliai mon nom en même temps qu'il grandissait sur l'ardoise murale. Villes-mucilage — je vous ai expectorées, brisant à jamais mes cordes vocales. Vous tressautez encore des discordances multicordes de mon cri. Mon cri ! Mon Acropole ! *Toutes les destinées empruntées au passage !* Je grinçais des tempes dans le baccarat de vos ferrailles électrifiées. Quelques jeunes filles étaient authentiquement ravissantes et je fomentais des épouses à souiller de caresses... Il faisait toujours nuit. Je marchais à revers. *Tous les crimes non pris au passage !* Villes succulentes — je vous ai exaucées. Il y eut ce temps de doux coma caramel où chaque jour à l'aube je quittais mon lit pour aller m'enivrer de messes matinales, en compagnie de noires petites vieilles charpentées de décès archaïques et qui breloquaient entre leurs doigts cassants le buis crasseux des chapelets. Je portais Dieu dans mon gousset. *Oui, toutes les simagrées de mon angoisse au passage !* J'avais aussi très faim, mais personne ne songeait à moi parcourant des ruelles flegmatiques dans leur débauche alimentaire. Je me récitais, il est vrai... Mais pas de frère, pas de refuge... Villes-marâtres — je vous ai poignardées. *Tous les suicides éventés au passage !* Je jalousais l'apothéose sexuelle des couples exhibés. J'étais moins impertinent, alors... et je pouvais, le soir venu, fondre en larmes. Des marches harassantes pour pousser jusqu'à l'oubli de soi. Si loin qu'on aille, n'est-ce pas, on se heurte au retour. Les grisons de décembre qui vous décombrent l'âme. Je frappais mon front à deux poings. Parfois, je m'embourbais dans des nausées métaphysiques. *Tous les crépuscules furibonds au passage !* Je trouvais bien des rimes sortilesques, mais... J'aurais voulu un visage m'écoutant, baiser des mains apaisantes. Comme on s'écartait de ma rage ! *Tous les alcools adolescents au passage !* Mon odeur séditieuse me reléguait dans la zone des pestiférés. Villes apoplectiques — je vous ai forniquées. Je croyais au salut et à ses rémissions d'hermine...

Puis, à mon grand étonnement, une nuit — j'échouai seul dans le halo des plénitudes, mais je n'étais plus la réalité de moi-même.

En sortant du spectacle, quelqu'un de richement habillé me ramassa sur le trottoir d'une Ville auto-plasmique — que j'avais complotée. On me prit pour un fruit gâté.

Je suis l'attentat et la rixe.

Je les connais ! Je les connais ! Elles ont leur rire maquerelle. Des dents plombées. Des bas filés. Des choses humides entre les cuisses. Je les connais ! Je les connais ! Elles vous grippent. Vous lacèrent. Elles vous éructent. Vous transfusent. Je les connais ! Je les connais ! Ma tête décapitée pend à leurs toiles — n'est-il pas vrai, mes ravissantes, mes féeriques araignées crémeuses ?

Elle était mante tubéreuse. Nous dévorions le cœur des nuits. (En ce temps-là, je suscitais des symphonies.)

La chambre où nous nous dévêtions haletait sous les cierges. Elle retirait son fourreau de lamé et tombait morte sur le drap.

30

Oui, la campagne est blonde. Les bêtes aux pelages propres vivent d'un œil étonné. Les blés sont en gerbes et en meules. Oui, il y a des maisons ocre-roussies dans le creux des collines ; avec des femmes bien-portantes qui vont et viennent, des esbroufes de volailles et des enfants la morve au nez. Les forêts sont frileuses. Oui, le ciel d'aujourd'hui a sa langueur d'avant la pluie et des gens sont assis sur le pas de leur porte. Oui.

Oui... Oui — mais cette ombre, ce malaise insidieux qui persiste en moi...

31

L'os de la réalité m'étrangle.

Pas de sursis ! Ô ! bidoches ! Vaillants ignares ! Et si contents de vivre — eh oui ! Trognes bonasses ! Trognasses atroces ! Avec vos airs de trou du cul ! Dans le grand style ! Ô ! gras troupeau ! Ô ! valetaille ! Vos pique-niques enchantés, vos chimères d'étable, vos cambuses au poireau, vos mégères au graillon ! J'adore vos grands pieds et vos corps malhabiles. Que vous gueuliez encore quand plus rien n'est à dire. Que vous la boucliez quand il faudrait hurler. J'aime vos faces plates. Vos bouillis en hiver, les escargots de fête, la messe de minuit et le gosse à l'école. Vos queues si fanfaronnes qui n'en finissent pas de rêvasser aux nymphes — et baisent des bonniches. Vos galas de banlieue glairés de dégueulades. Les ambitions au clou. On rambine un vieux coup aux projets d'avenir. Je resterais mille ans dans vos salles à manger ! Je ne me lasse pas des robes confection de vos femmes lâchées dans les premiers beaux jours. Il faut vous avoir vus le dimanche en balade. Roitelets de tribus ratissant les marmots. J'ai de la sympathie pour vos cliques crédules. Vous faites ma détresse.

Mais personne n'entend. Mais personne n'écoute.

Dans le tumulte copuleux, les lèvres étrangères formulent timidement des confessions bizarres. Ce déchirement ! Les corps eux-mêmes sont des aveux en mouvement. Chaque pas hésitant. Chaque main gantée. Chaque canne blanche. Où est cette fosse congénitale dans laquelle ils disparaissent tous après vous avoir poliment salué ? La nuit enterre ses fébriles ossements et ses débris de verre bohémien. Nous caressâmes des femmes sourdes. Le téléphone est saturé d'Ave Maria. Il faut passer par l'ennui des cercueils. Séjourner dans la division du temps. Un simple d'esprit emprunta ma tête au vestiaire de l'hôtel pour parler de Lohengrin, tandis que nous vidions des chopes d'excréments. Nous fûmes bourrelés de remords et de rêves princiers — puis, nous fûmes saouls — et la vie secrète s'organisa. Nous entretînmes à cette époque des belettes délurées. Jésus la biche transpirait abondamment dans la fournaise des catacombes. Nous plastronnâmes en smokings constipés. Un chien disert lisait la Bible traduite de l'araméen. Nous eûmes un scorpion au dîner. Ces aveugles avec leurs sébiles ! Des inconnus me demandaient — mais dans ce bruit, ces avanies, dans tous ces bouquets de lauriers, je ne comprenais rien à leur panique surchauffée. Nous violâmes des écolières — l'une d'elles y prit du plaisir —, leurs cartables étaient bourrés de géographies et de pains d'épice. Jésus la chouette était depuis longtemps tombé dans les pommes. On nous vendait des crucifix à la sauvette. Les portes des bars avaient des poils. Nous croisâmes d'anciennes maîtresses aux yeux battus. Le groom, à minuit, nous annonça qu'il était l'heure — mais nous n'en sûmes pas davantage. L'air dans les rues empestait le cigare. Tous ces gens qui m'interpellaient — au nom de qui ? de quoi ? Nous égorgeâmes pour un pari la dame honnête des cabinets. La serveuse servait en culotte. C'est le plus âgé d'entre nous qui proposa d'aller faire un tour sous les oliviers de la montagne proche. Il faisait presque jour et tout s'était consommé sans nous.

Elle est une larve.

Elle est une larve blanche et molle, tenace, adhérant à mon corps dévêtu dans le lit. Elle l'explore de sa bouche mouillée, caveuse et brûlante. Je reste rigide, bras et jambes tendus, tous mes muscles contractés, le cœur précipité, les yeux grands ouverts, écarquillés dans l'obscurité de la chambre. J'écoute ce remous charnel qu'elle engendre en glissant de quelques centimètres sur la plate-forme de mon ventre. La langue picore. Petit dard ébouillé. Elle me goûte. Elle se soude à moi. Paire conglutinée. Puis, des pattes lui poussent, d'abord des moignons noués qui vont, se dépliant, des tendons, des doigts armés d'ongles crissant dans la grissure des poils. J'ai l'impression qu'elle grossit, se nourrissant de moi. Elle s'étend, s'éploie, me recouvre, m'arraisonne. Elle n'est qu'une rotondité ballonnée. Je n'ose la palper, par crainte que mes mains ne me la révèlent d'une dimension, d'un volume hydropique. Je la subis dans un silence alarmé. Baleine replète. Elle chenille lentement jusqu'à mon visage. Une protubérance chevelue cogne mon épaule. Je voudrais me débattre, écarter de moi cette corpulence mafflue. Je n'ai que la force de ne pas crier. Elle parvient à mon oreille et glougloule mon nom, lascivement. *Ça a une voix ! Ça a donc une voix !*

Je sombre, loin, au plus compact de cette léthargie femelle.

32

Ora ! Qui horle dans l'encluve orvelée ? Murle ! Murle ! Mavone ! Crévéan orte j'ortissèle ! Je carabigne mes vestales. Marie-Marie aux yeux louviots a exorcisé les coquelicots. Le chat est mort de fluxion rousse dans la soupente, en trillant, éphémère, de maules riaulements. Oscana est une petite glaire à la tumulure bisaquée, mais on a imprimé dans l'Almanach Automnal qu'elle n'avait pas de sexe ; alors je me masturbe en mémoire d'elle. Tous les moutons, au nombre de quarante, sont parqués dans le cimetière praline afoisé de lucioles. Ils ne mangent que les verjurons des jeunes madames précocement décédées. Demain, quand il pleuvra, le tonneau sera plein de marasquin garance. C'est Armance que j'aime, ou plutôt : j'aime cette verrue veinulée qu'elle a derrière l'oreille, comme un téton de bouclier gaulois. Une nuit serpentine : c'est l'évidence même. Et tandis que je rêvais à des baisers de palme, l'équipage prit mon vit pour falot. Dans le carquois du canari, s'il en avait un... On me regarde obstinément lorsque je pense à Nathalie, mais c'est Oscana qui me verge. La matinée radieuse a fini comme prévu, par un anthrax bacillaire. On dit, on dit qu'en rut les chats-huants sont hémophiles. Qui croire ? — j'avais bien, en naissant, une cosse pervenche qui n'est plus qu'un nombril... J'ai connu autrefois une Oscana candide. Qui s'inquiète jamais du doloris des routes ? Nous planterons prochainement des prépuces en terreau. Sa sale œillade m'a lompé. Il faudra faire un gros colis de toutes ces rotules amnésiques, car, décidément, Oscana est une salope. En mémoire d'elle — une dernière fois, j'accouche d'un brelan d'os.

Ah ! les châteaux que j'innovais ! Pur azur. La baronnie est au complet. Promenade apéritive sur les remparts du panorama. Au bras blanc de ma bien-aimée frangelinée de tulle. Nous nous disions des riens charmants. La vue est incomparablement plus prenante. Je vole un mouchoir de batiste. Sa gorge colombine. Oh ! oh !

oh ! suffocations prévisibles. Isabeau ravissante. J'émule ! Les magnolias de frère Antoine sont magnifiques pour la saison. Et mon grand-père le grand vassal à brandebourgs. Chez nous, amour, pas une once de roturier. Je flambe et pâme sous vos arceaux, sournoise ! Maximin fidèle fait sonner la cloche du déjeuner. Nous aurons des gibiers de soie, des hormones et des armagnacs, des horgnacs et des armamones d'orsoie. Oui, la forêt est giboyeuse — nous y mîmes un cent de gazelles. Elle égarait un beau ruban. Après, nous monterons en yole — avez-vous pensé à l'ombrelle ? J'environnais ses petits pieds et nous trépignions sous la nappe. Maximin avait tout compris, ce brave et dévoué rustique. Ma Nounou miaulait dans l'office. C'était déjà l'orée des noces. On venait en charrettes à bancs, en bas blancs et en hautes bottes. Promenade digestive sur les ramblas à l'opposé. Un vent frisquet froissait sa taille. Et les grands cerfs souvent bramaient... Ah ! j'étais fait pour des empires !

33

Métropoles maxibullaires, au point vernal de la congestion anginaire. Les yeux bourrés de merde, je rallie, le soir venu, l'humus gazoliné de vos galeries intestinales (il est essentiel de se munir de la collection Baedeker. Moi, j'ai lu *L'Imitation*) ; mais ce n'est, après tout, qu'une volumineuse tisane de camomille froide, si l'on excepte les puissants bâtiments de la Morgue, ceux des Abattoirs et de l'Arsenal, les Casernes et les Chambres de Tortures. (La dernière cathédrale gothique s'est affaissée en l'absence de Dieu.) Chiottes rosicruciens — le Vénérable tâte ses parties enflées sous sa chemise de nuit —, mais ce n'est, après tout, qu'une oronge géante excrétionnant des crépuscules camphronoïdes aux aubes chlorhydriques saisonnières parsemées d'assassins, de suicidés rieurs et de croissants mollets (j'ai lu la *Troisième Épître,* en exhumant de mon mieux ses allusions ésotériques, mais maintenant je ne lis plus que la liste de mes embûches psychiques) ; après tout, mais ce n'est qu'une gigantesque éclaboussure spermorale égarée. Les enfants de génie croissent communément dans le composé chimique des asphaltes alcoolisés (je citerai pour mémoire : Eliphas von Bürckenenker, et son fils Emil ; Pier Anton Wasczesko ; la branche cadette des Brandt, et Burrows Brun, que l'on ne captura qu'après l'avoir criblé de balles à travers la porte de sa chambre d'hôtel, au Ziegler-Imperial, N.Y. ; même les femmes s'épanouissent avec ce brin de gardénia si particulier dans l'esprit. Comment oublier la blonde Miss Combrelle, par exemple ?). Oui, après tout, mais ce n'est que la conséquence logique de trente millions d'années de défécations refoulées par les superstitions religieuses (je lisais Pétrone, Apulée, Aulu-Gelle, et Quintilien, bien sûr, mais rien ne vaut une de ces soirées morvicales dans la cohue tuméfiée). J'apparais en public dans mon clair habit calomel (braguette suturée par une fermeture hydraulique — Modèle B.P. Womps — grignotant des amandes douces ; le jonc guatémalien à pommeau d'angusture surajoute un contrepoint lyrique à mon élégance) et je reçois négligemment la curée des ovations populaires. Il n'est jamais plus de minuit. Devant le perron illuminé, la calèche balzane rutile de mes armoiries (Walter m'est tout dévoué), les femmes sont lubriques, on donne *Norma* à l'Opéra — et des coups de couteau dans les rues adjacentes (qui s'est aperçu de ma calvitie naissante ?), commentaire sur saint Ignace dans un cinéma de quartier, mes souliers en chevreau lamé éruptèlent d'artifices insolences, je suis rubicond de mépris, et Walter (tout dévoué) m'ouvre le passage à la matraque plombée (ce jeune séminariste australien qui fait aussi partie de mes écuries...). J'irai peut-être, comme à l'accoutumée, jusqu'au bout de la jetée pour m'y faire sauter la cervelle, mais tous les ponts sont vulgaires et il ne passe pas assez de noyés. Ce qu'on aimerait voir poindre, tout au fond de la synovite métropolitaine, c'est l'envers de soi — heureusement, je puise quelque réconfort sur ces figures en haillons d'une foule hébétée.

34

Ô, mes vénales ! Huppes renardes, lippe engrossée, siphonnez-moi ! Des dents ! Des yeux ! Des fronts ! Des nuques ! Des langues coulomelles ! Pas de nuit sans vos vulves muscates. Tel —, je me hampe sur vos sveltes fumiers. Je fouine, foutre, mange, bâfre et broie, ronge. Mes sordides nourrices ! Tous vos corps ! Tous vos corps ! Tous vos membres ! Les orties de la peau ! Vos salives qui bêlent. Vos mousses alcalines. Vulgaires ! Vos abois ! Je vous hume à la chienne. Je vous constate. Vous octroie. Couvrez, harcelez-moi de vos mamelles floches. Dans le sang ! Dans l'onguent ! Ce sirop ! Ce gluten ! Je gobe vos oursins. Bêtes crottées. Boales. J'entorse vos cheveux. Griffures ! L'acide amer sous vos aisselles. Lèche. Lape. Liche. Râpe. Grumeaux. Sorcières ! Crapulez-moi ! Mon Mal est diabolique. Ruses ! La claque des hanches. Aux lèvres charnelantes je tranche des baisers de boue. Saintes souilleuses ! Abrégez-moi ! Vos grandes bouches disloquées de félicité silencieuse sont mes Rosaires à moi. Je roule. Rauque. Courroucé. Je râle dans vos culs pluvieux. Goules !

35

J'assiste à une représentation qui, déjà, n'est plus la mienne.

Les serpents sensuels viennent dormir leur hibernage dans la grotte sucrée de ma bouche. Lovés, ils ne sont pas plus gros que des ganglions. Roses — et leurs pupilles d'or. J'embrasse, le soir, leurs paupières mauves. Ma langue maternelle les nettoie de leurs impuretés natives, de leurs impuretés usurpées. Leurs rêves sont l'innocence même — je le sais : je les partage. Je calme en chantant ceux qu'une rage ancienne agite de spasmes. S'ils se réveillent et qu'ils aient faim, ils sucent doucement la goutte de salive à ma luette-mamelle. Que d'heures, que d'heures suaves nous vivons !

Un temps de non-sens. Le sceptre des rois aux enchères. L'hermine ensanglantée. Quelqu'un sur le trottoir, tous les membres tordus. Les jeunes filles folles. Leurs sexes délabrés. Le ciel vérole. L'église où convolent des couples corrompus. Les enfants se racolent avec des yeux perdus. Un tombé pour l'honneur. Des morts désinfectés. Le dimanche nauséeux. Un amour de castors. Les cent pas dans la gare. Cette brune trop grasse assise sur le bidet. Des cafés au lait froids. Une paire de chaussures. La serviette a déjà servi. L'odeur d'urine dans les étages. Une femme qu'on agace et qui rit. Des mégots dans le cendrier. Le veston qui pendoche au portemanteau. Tous les fruits sont véreux. Un beau crime dans le journal. Le garçon gominé qui transpire en servant. La trace des putains. Un bouquin sur les quais. Seul dans les rues glaciales à une ou deux heures du matin. Juste l'argent qui manque. Quand on ne peut vraiment pas rentrer chez soi. Un vieux projet qui vous tracasse. La brosse à dents dépoilée. Quelques mots au garçon d'étage. La pluie en se réveillant. Le désir qui s'est sabordé. Ce pur visage que l'on aimait. Ne plus pouvoir se laisser prendre aux mots. Les cheveux dans le cou. Des tas d'amis dont on se fout. Un numéro de téléphone. La baguette de midi. Les papiers en règle. La conscience à moitié. Dieu dans les mauvaises passes. Le soleil ébréché par-dessus la poubelle. Et mon cerveau avorté baignant dans le phénol.

Combien de temps ai-je mis à m'apercevoir que ce que je serrais amoureusement entre mes bras n'était qu'un gros poisson mort ? Je soulevai les ouïes : une mouche verte s'en échappa.

Combien de temps, quelle durée cataleptique à embrasser cet œil vitreux ? À articuler voluptueusement cette arête dorsale ? Les cuisses, pourtant, paraissaient fraîches et noueuses. Mais l'odeur, son odeur était bien celle de la décomposition animale.

Combien de temps pour me faire à l'idée que je forniquais avec une limande glacée ? Et sa crinière blond sale décolorée, mitée, filoche, sur l'oreiller — crins de momie. Cette pantelure maigre.

La chambre de nos accouplements suffoquait sous les émanations carboniques. J'aurais dû voir plus tôt ses mâchoires détendues et ses mains bleuies. Nous étions encore accolés, mais les œufs non fécondés refluaient de son orifice enflé, liés en bulbes par un sédiment, une crème onctueuse. Gruau incolore répandu sur le drap. Un sursaut de répulsion me délivra d'elle. La moitié de son corps bascula, inerte, courbe cartilagineuse, effleurant le plancher. Ses écailles s'enduisaient d'un suint luisant. La photographie agrandie de mon père suspendue au mur dans l'axe de la lampe me suivait des yeux dans tous mes déplacements. Je ne parvenais pas à comprendre ce qu'il voulait me dire. Lui aussi — ses joues pâles, boursouflées, la proéminence de son menton glabre, ses lobes charnus — lui aussi ! lui aussi : poisson mort, viande blanche. Pas d'indulgence ! Je lui crachai à la face.

Combien de temps, grands dieux ! avais-je mis pour découvrir que j'étais, moi aussi, l'éclosion réussie d'un de ces œufs pulpeux — mes frères, mes frères, là, agglutinés, englouillés dans le lit ! La puanteur fétide envahissait la pièce. Alors ? L'inceste ? Lipure ! Ma mère poissonneuse ! Je m'étais moi-même enfanté !

Son corps entier s'avachit sur le sol avec un bruit mollasse. Je saisis ma pantoufle pour les écraser tous à coups redoublés, furieux d'indignation, de dégoût, écœuré — insensible à la fluette rumeur de leurs lamentations suppliantes.

Malade de désirs inguérissables. Il me faut des lieux sordides de nudité pouilleuse, des décors qui exsudent grassement le péché, la compromission, le vice, la démence. Une atmosphère de lèpre, des endroits réprouvés où je puisse jouir sans honte, sans pudeur, sans l'arrière-discipline, la réticence des scrupules. Jouir du corps, jouir des organes et de leur jus, jouir des inventions obscènes de mon dérèglement — ; avec des êtres de mon espèce, des complices, des êtres de troc, interchangeables, s'étant reconnus pour des proies et se conduisant en conséquence. Des femmes qui ne soient que réceptacles (plus intérieurement, plus profondément abjectes je les devine dans l'annulation de toute volonté, plus elles me fascinent), exacts reflets de la qualité de perversion que je cherche à matérialiser, à *voir* et à *vivre* dans un immédiat impatient. Déchets si contaminés qu'on se découvre, à leur contact, toujours en deçà de leur salissure. Eux seuls sont le topique bienfaisant qui jugule la crise. (Tout de même : on est chaque fois frustré de la luxuriance du meurtre.)

36

Ses deux tibias, quand ils reposeront décapuchonnés de toute chair, sur le fond du cercueil. Bougeoirs d'église. Os d'un seul tenant. Le bois gonflé éclate. Lente pénétration dans la vieille matrice terrielle. Les trous ouverts à la bêche sont d'une franche couleur sanguine. Généreuse consistance de moignon fraîchement amputé. Les quatre parois solidifiées d'un rectangle sans bavure découpé dans une motte de graisse. Demain...

Je voudrais une Rose rouge.

Je voudrais des jardins à la frange de l'été. Les corbeilles de pivoines. Le cou ployé des grands glaïeuls. La crypte chinoise des Roses. Mais quoi ! — toujours ce rire redoutable de mes assassinés s'interpose — et toujours je me crée des sommeils d'oubli.

37

Là-bas, c'est la ville et le meurtre. Charpie soluble des destins. Le froid anonymat cravaté. Corps unanime des putains. Les curés sont sacrifiés au prix coûtant. Sirènes instrumentales. Le blond enfant bouclé a eu la moitié du visage arrachée par l'explosion. Mais il ne comprend pas qu'il saigne et que c'est son œil, son œil qui a roulé sur le trottoir. Je le porte, lui, l'enfant fracassé, sur mes bras comme un landau, je le porte, lui, l'enfant symbolique, par les rues simiesques du dimanche. Lyrique ! Lyrique ! Pas d'entracte. Pas d'ouvreuses et pas d'esquimaux. La Tragédie jute à ras bord. Nous jouons tous fortissimo.

Là-bas c'est la ville et ses écuelles de roses mucosités. Le mutilé croit sa médaille. Vous vous confondez en excuses. Les accalmies sont embolies. Macadam réfractaire. Ça bouffe aux râteliers. Pinocchio penseur irise les vitrines. Ils suent de terreur blanche. À la grand-messe d'Archevêque. Tous leurs dadas de cabanon. Les crânes préhistoriques se font emberlificoter. La mire à cent francs — j'assassine mon frère. La tenancière est gaudriole. Troisième degré : ils avouent spontanément. Là-bas c'est la ville et la sanie dans les torchons. Le soir goulu de cinéma. Les grands cafés sont pleins de chimpanzés savants. Ces fiancées qui se dévergondent. Coups bas, ils vous cherchent les couilles. Lois affichées dans les ivresses. Le Décret Dix est amnistié. Courtoisies proxénètes. Au pavois l'aigrefin ! Le nègre s'est lynché. À quand la repentance ? Les bougnats chevronnés. On dégueule ses tripes en douze mensualités. Le grand Larousse a des lacunes. De l'Institut. De la Légion. De l'Escampette. Les aristos sont fourvoyés. A-t-on inscrit aux cours du soir le jeune Hamlet ? On chie du haut en bas des architectures futuristes à l'heure du coucher. Je m'affale. Les couples sont ivres de gas-oil. Arrivage au delta des morgues. Ça boulime et ça pétarade. Les pendules ont perdu leurs dents. Depuis le belvédère on voit des queues pour l'autobus. De lents défilés de tubards. Que ça flambe et que ça s'enfouisse !

Là-bas : je plante un rhododendron mémorié.

... toutes ces dents... ces yeux dépareillés... ces hiboux morts... cette vermine... ces passants audacieux... l'heure en suspens... ce cœur houspillé... aucun verrou n'est infaillible... des poings tendus... ces fuites vives dans les plinthes... tous ces mots proférés... cet isolement... ces coups frappés au loin... le jour qui ne vient pas... vient pas... ces affres péniblement réprimées...

38

Alors ce fut atroce. Ils vinrent avec leurs fers brillants qui fouillaient l'eau rougie de la matrice. Je sentais la recherche aveugle de ces palettes métalliques, froids crochets criminels. Ils effleuraient mon ventre. S'insinuaient dans la pliure de mes membres. Dérapaient. Revenaient en fonçant sur moi — coups de lance. Mandibules, éclats, sourires cassants, angles, effilures, méplats, poches. Force commandée par une volonté obtuse qui me poursuivait implacablement dans ma rétraction. La pression du liquide environnant pesait sur mes yeux. Il se faisait des bouillonnements dont je subissais les ressacs. Des membranes flanchaient. Des filaments distendus me claquaient au visage. On me griffait les flancs. Empoignades. Ventouses. Succions. J'étais soulevé, ballotté par des cuillères. Une odeur sirupeuse se répandit. Ils écornèrent ma tête. Oui, ma tête ! Un viol ! Un viol ! Ce fut un viol ! Un viol !

Je manœuvre dans un naufrage. Comment se fier à ces lueurs intermittentes, de loin en loin, dans ma nuit ? Tous les récifs m'entourent. Tous les vents me couchent. Tous les courants me tirent. J'incline vers l'inverse. Je me heurte de dos. J'ai trop longtemps frôlé le précipice. Je pressens le dernier faux pas et le prestigieux basculement qui s'ensuivra. (Je ne sais par quel miracle cela ne s'est pas produit encore, par quel durcissement, par quel accrochement obstiné, atavique, de mon intelligence — de ma partie austère...) Je me fracasserai. Je ne suis pas situé en ce monde.

Les morts baignent dans une confiture gelée.

Ce qui, pour tout le monde, n'est rien, a pour moi des conséquences atterrantes. Il faut comprendre que je suis sous le joug d'un chronique ébranlement des moelles. Une impression, même subtile, ou peut-être complètement imaginaire, s'imprime de façon indélébile non seulement dans ma sensibilité ou ma mémoire, mais dans mes fibres, dans ma masse, et attaque, rogne mon intégrité. Injection empoisonnée qui lime, érode toutes les cellules sur son parcours.

Ce qui, pour tout le monde, est anecdotique, m'aspire, moi, vers des petites morts répétées.

J'ai échappé à tous les étranglements, à tous les avortements, à tous les assassinats plus ou moins légalisés. À tous les radotages plus ou moins philosophiques. À toutes les prisons plus ou moins lucratives. À toutes les pusillanimités plus ou moins héroïques. À tous les échafauds plus ou moins distingués. À toutes les sexualisations plus ou moins esthétiques. À toutes les dévotions plus ou moins honorifiantes. À toutes les prérogatives plus ou moins méritoires. À toutes les déviations abstraites et arbitraires de la pensée. J'ai résisté à tous les assauts du dehors, à toutes les fragmentations de l'expérience, aux placentas familiaux, aux réponses circonstanciées, aux impondérables de l'exprimé, aux rechignements de la conscience, aux intrusions médicamenteuses, aux villégiatures spermatiques, aux contacts de la bonhomie, aux entourloupettes de la fraternité, aux convents dogmatiques, aux rabougrissements de la corporalité, aux répulsions puériles du pléonasme, aux identifications réalistes de la personne, aux remembrements éducatifs, aux charges émasculatoires, aux charogneries coopératives, aux crétinismes de société.

Je suis retranché. D'une unique ambivalence.

39

Un froid. Un froid maigre. Comment se guider ? J'ai perdu mon chemin sur la blessure ivrogne d'une accueillante prostituée. Toutes les glaces me résignent. Je bute. Accroche. Cherche mes mots. Les seins affreux des sémaphores. Encore essoré dans mes langes j'envisageais des chevelures. L'Avenue tangue. Merde un fémur. Jadis. Naguère. J'embrassais des grand-mères — poisses ! Oh ! la la ! J'engraissais des grands airs — foisses ! Najis. Jaguère. Voyez, troufions ! Je j'éjacule ! Qu'en dira le dompteur ? Et le clown qui m'encula ? Les amulettes ! — me gardent des épidémies lunaires. Si je sors de mon trou. Loucheur. On m'avait confié les horloges. J'ai fait qu'il soit toujours trop tard. Je nique un malfrat indigène. Ortolans ! Cœurs de jaspe ! Esturgeons moscovites ! Ça déglutine en bandes. Au panier. À l'andouille. Les gencives refaites à neuf. La femme accouche d'un onagre germinacé — dans six mois. Voyez, loufiats, voyez : j'essaime ! Le métropilotin délobine, s'effiloche. Les boîtes à sous se font bombance. Madame est menstrualisée — dans ses carats et ses visonnes : comme je vous le dis ! On prend le chat à la rescousse — une caillette. Aime ça, minet. Depuis que je perçois les sons, Madone ! le monde ne cesse de chialer. On croit entendre des musiques, des chinchillas do mi sol si, des quatre mains et des cantates, des clairs opus ou un scherzo — candides ! Ce sont des lambeaux de névroses, le génie qui sort en haillons, l'alcool d'antan à fleur de peau. Le monde braille un vieux malaise. Qui m'empêche, moi aussi, de pincer la corde ? Si ça vibrait de male mort ? Voyez, bourricots, je mitraille ! Tous leurs jardins à la franquette, à la melba, à l'estragon, leurs crématoires patrivotifs, leurs crémations patrivotives, leur pandore sur un crucifix. Des moufles pour l'onglée ! (Au square, les vieux guignent les cuisses des dames en donnant du pain aux pigeons.) Le froid. Le froid palabreux de leurs cerveaux étiques...

Avec vos décors de catalogues, vos bibliothèques sous verre, vos fauteuils XV, vos gros enfants, vos opalines, votre culture, vos salles de bains, tous vos nickels, vos antiquaires, vos femmes charmantes, vos abat-jour, votre exemplaire distinction, votre travail rémunéré, vos sensibilités à l'art, vos hautes relations, le dentifrice, le cosmétique, l'insecticide — et éventuellement la poire à lavements —, les éphémérides, le téléphone, vos ascenseurs, vos magasins, vos Aïda, vos argentiers et vos écrevisses à la nage —, avec vos culs paraboliques bien installés dans le giron de la vie : vous croyez que vous serez épargnés par l'horreur. Mais non ! Mais non ! Vous aussi ! Vous aussi ! Et nous tous ! L'horreur nous circonscrit. Ruisselle. Draine nos planchers mêmes. Là, sous vos pieds ! Imbibe les tapisseries Régence, humidifie nos chairs. Nous tous ! Nous tous ! Vous êtes viandes à tortures — vous aussi ! Nous sommes nés ainsi. Notre sang est plein d'horreur. Je le sais peut-être mieux que quiconque — car, d'un certain point de vue, je suis l'auxiliaire de l'horreur.

40

Je m'observe et me vénère du haut de mes sources originelles. En épluchant des rosiers d'ébène. À moins que ce ne soient des lauriers. La belle différence ! Je suis fossilisé dans mon mépris. Classé à la lettre contre-*ut*. On a fait les comptes, tout est clair maintenant. Je finis à la balle — la tempe fracassée. J'en ai conscience, prescience. Classé à la lettre pet-*ut*, sur le bief des rayons. On ne viendra pas emmerder mes mânes avant cent ans d'ici — je vous le prédis du haut de mes cordes linguales. Le baragouin ! le baragouin ! gémissent-ils. Ô mes vieux anges ! Mes arloupettes ! Mes entrechats ! Que voulez-vous ? j'avais un œil dans la racine — fabriqué pour voir outre-temps. Pas avant cent ans de tombeau ! Et qui, voyons, qui soulèvera la pierre ? J'aimerais une jeune brune aux seins durs de mouron — mais c'est trop exiger des demoiselles. Elles n'ont pas les mains aux exhumations — pour d'autres plaisirs... Puis, quelle gueule aurai-je ? Mon sourire vitéal ? (Ah ! ciel !) Il récidive ! Le lis de nos enfants ! — l'Honneur de nos patries ! — le gâtisme des vieux ! — gargouille ! Au Styx ! Qu'on nous le cadenasse ! En voilà pour cent ans ! Mais l'ombre me mûrit. J'augmente. Je m'évase. Les nourrissons divergents tètent à mon néné — ce lait réfractaire. Se pourlèchent, cochons ! S'effondrent de douleur à mes tarissements. Tous divins salopards dans ma manche. Ils brisent les foyers, compissent les églises, enculent les familles, recommencent Babel, ouvrent des incendies, s'arrogent des pucelles, font des pâtés de morts, des fêtes de requins. Ils parlent en mon nom. J'ai partout des autels. Les voilà bien — mes fils ! De larges éperviers ! Mes génies ramoneurs ! Je n'ai donc plus qu'à m'endormir — bercé câlinement.

41

Et maintenant que je suis fou d'Amour divin ! *(Ô ! les grandes prairies crocelées de rousseurs, l'aisselle souple des moissons, l'artimon noir du cèdre solitaire au col lointain de l'horizon blanc plombé de chaleur médiane, l'odeur mousselante des forêts fraîches et leur violine âpreur de thym...)*

Et maintenant qu'un ouragan d'orgues couvre en moi la voix fanée de ce monde ! *(Je reviens, perclus de clarté, lossolant de salin solaire, la peau battue des vents, toutes les somptuances de la terre engravées sur les lèvres. Trop de beautés drapées en ma mémoire.)*

Élévation. Étreinte. Soumission. Communion dans l'humilité heureuse ! *(J'ai mâché l'herbe sèche. Couru au blond toril des blés. Mes mains graves d'écorce. J'ai longuement gorgé l'épice indolore des ruisseaux...)*

Et maintenant que des sanglots de cire me chevauchent l'âme ! *(Souffle en suspens, je suis, du haut de mon regard émerveillé, le chenillement processionnaire des insectes étranges. Qu'à mon flanc poussent vos élytres diaphans, que mon ventre soit lourd des grappes neuves de vos œufs, que mes reins soient barbés de carapaces carboyantes, qu'à mon front se pointèlent ces fils fluants de vos antennes, que ma bouche se crabe de mandibules croches — je veux des fourrures bouriffantes, la caillassure façonnée de vos tempes agiles, le pourpoint éclorbé des thorax — et que la mort fulgurante zébrille de mon dard — minuscule assassin...)*

Et maintenant que j'entre en ma Passion ! *(Une heure ou une vie ne suffisent pas à réfléchir ce rassasiement d'émotions...)*

42

L'angoisse sale. L'angoisse cotonneuse. L'angoisse cadavérique. L'angoisse perforante. L'angoisse onctueuse. L'angoisse décharnée. L'angoisse rampante. L'angoisse hideuse. L'angoisse-rat. L'angoisse poilue. L'angoisse ulcéreuse. L'angoisse insidieuse. L'angoisse obèse. L'angoisse poison. L'angoisse césarienne. L'angoisse garrot. L'angoisse lippue. L'angoisse écœurante. L'angoisse aux suçoirs mous. L'angoisse têtue qui gratte et grignote et grapigne, griffue, toutes les résistances nobles de l'esprit, mine et dévore, et entaille, et entame, et enserre, et grivelle, et rognasse, et bafoue l'être dans sa dignité. L'angoisse torpide qui assomme, annihile et étrangle, mouche grasse, lascive, repue du bourdonnement de cervelle. L'angoisse au davier pesant, qui écartèle les chairs. L'angoisse lustrée des nuits horribles, filtrant par la rainure des portes, ectoplasme de glu, figé, muet au fixe regard bleu, sur les murs ondulants, tache mouvante dans la pénombre opprimée, sans bruit, ouateuse, mais massive, mais présente, et sa patte musclée tâtonne sur le drap, cherche le ventre, le cœur, la gorge — son vinaigre laiteux éclaboussant les paupières malades de claustration, l'haleine morveuse, les grosses lèvres frôlent le visage, tampon humide qui étouffe le cri halluciné. L'angoisse et son vide terrorisant où sombre peu à peu la volonté décomposée. L'angoisse qui fait haïr les crépuscules, annule le présent, minute par minute, se profile, silhouette flasque, implacable, sur le futur qu'elle corrompt, pénètre les plus calmes refuges. L'angoisse douloureuse, inhumaine à hurler, qui ment, grossit, délave, brouille, déforme, vampire hilare crocheté par ses dents sulfureuses à chaque extrémité sensible de la nervure torsionnée. L'angoisse à feu, l'angoisse à rire, l'angoisse à cohue, l'angoisse à doutes, l'angoisse à attentes, l'angoisse à silence, l'angoisse à honte, l'angoisse à prières, l'angoisse à démence. L'angoisse qui drogue et dénature ce qui me reste de raison — par quoi il m'est possible encore de m'identifier.

MAIS IL FAUT PROGRESSIVEMENT LUI CÉDER JUSQU'AU SUICIDE.

DU MÊME AUTEUR

Récits

REQUIEM DES INNOCENTS, 1952, 1994, *Julliard*

PARTAGE DES VIVANTS, 1953, *Julliard*

SEPTENTRION, 1963, *Tchou.* 1984, *Denoël.* Collection Folio, 1990.

NO MAN'S LAND, 1963, *Julliard.*

SATORI, 1968, *Denoël.*

ROSA MYSTICA, 1968, *Denoël.* Collection Folio, 1996.

PORTRAIT DE L'ENFANT, 1969, *Denoël.*

HINTERLAND, 1971, *Denoël.*

LIMITROPHE, 1972, *Denoël.*

LA VIE PARALLÈLE, 1974, *Denoël.*

ÉPISODES DE LA VIE DES MANTES RELIGIEUSES, 1976, *Denoël.*

CAMPAGNES, 1979, *Denoël.*

ÉBAUCHE D'UN AUTOPORTRAIT, 1983, *Denoël.*

PROMENADE DANS UN PARC, 1987, *Denoël.*

L'INCARNATION, 1987, *Denoël.*

MEMENTO MORI, 1988, *L'Arpenteur-Gallimard.*

LA MÉCANIQUE DES FEMMES, 1992, *L'Arpenteur-Gallimard.* Collection Folio, 1994.

C'EST LA GUERRE, 1993, *L'Arpenteur-Gallimard.* Collection Folio, 1996.

LE MONOLOGUE, 1996, *L'Arpenteur-Gallimard.*

Poésie

RAG-TIME, 1972, *Denoël.* Collections « Poésie » *Gallimard,* 1996.

PARAPHE, 1974, *Denoël.*

LONDONIENNES, couverture de Jacques Truphémus, 1985, *Éd. Le Tout sur le Tout,* Paris. Collections « Poésie » *Gallimard,* 1996.

DÉCALCOMANIES, lithographies de Pierre Ardouvin, 1987, *Éd. Grande Nature,* Vercheny.

A.B.C.D., ENFANTINES, illustrations de Jacques Truphémus, 1987, *Éd. Bellefontaine,* Lausanne.

NUIT CLOSE, 1988, *Éd. Fourbis,* Paris.

TÉLÉGRAMMES DE NUIT, lithographies de Catherine Seghers, 1989, *Éd. Hesse* et *Tarabuste.*

DANSE DÉCOUPAGE, illustrations de Philippe Cognée, 1989, *Éd. Tarabuste,* Saint-Benoît-du-Sault.

HAÏKAÏ DU JARDIN, 1991, *L'Arpenteur-Gallimard.*

FAIRE-PART, illustrations de l'auteur, 1991, *Éd. Deyrolle,* Paris.

SILEX (in RAG-TIME), illustrations de Jacques Truphémus, 1991, *Éd. Les Sillons du Temps,* Menthon-Saint-Bernard.

FRUITS, illustrations de l'auteur, 1992, *Éd. Hesse,* Saint-Claude-de-Diray.

L'ARBRE À SANGLOTS, gravure de l'auteur, 1993, *Atelier d'Art Vincent Rougier,* Ivry-sur-Seine.

LES MÉTAMORPHOSES DU REVOLVER, illustrations de Franck Na, 1993, *Éd. Vestige,* Saint-Montan.

BILBOQUET, couverture de l'auteur, 1993, *L'Arbre à Lettres,* Paris.

PETIT DICTIONNAIRE À MANIVELLE, illustrations de l'auteur, 1993, *L'Œil de la Lettre,* Paris.

NATIVITÉ, illustrations de Lise-Marie Brochen, Christine Crozat, Claire Lesteven, Frédérique Lucien, Kate van Houten, Marie-Laure Viale, 1994, *Éd. Tarabuste*, Saint-Benoît-du-Sault.

TON NOM EST SEXE, illustrations de Denis Pouppeville, 1994, *Éd. Les Autodidactes.*

BAZAR NARCOTIQUE, suivi de ÉTATS DU SOMMEIL, 1995, *Éd. Tarabuste*, Saint-Benoît-du-Sault.

CERF-VOLANT, suivi de PASSE-BOULES, 1995, *Éd. Tarabuste*, Saint-Benoît-du-Sault.

OUROBOROS, 1995, *Éd. Tarabuste*, Saint-Benoît-du-Sault.

COLIN-MAILLARD, 1995, *Éd. Tarabuste*, Saint-Benoît-du-Sault.

DIABOLO, suivi de CHAT PERCHÉ, 1995, *Éd. Tarabuste*, Saint-Benoît-du-Sault.

VOYAGE STELLAIRE, 1995, *Éd. Tarabuste*, Saint-Benoît-du-Sault.

UNE ALLUMETTE PREND FEU, PISSCHTT, illustrations de l'auteur, 1995, *Éd. Tarabuste*, Saint-Benoît-du-Sault.

NON-LIEU, 1996, *Éd. Tarabuste*, Saint-Benoît-du-Sault.

PILE OU FACE, 1996, *Éd. Tarabuste*, Saint-Benoît-du-Sault.

HAUTE TRAHISON, suivi de BALCON TROPICAL, 1996, *Éd. Tarabuste*, Saint-Benoît-du-Sault.

DROGUERIE DU CIEL, 1996, *Éd. Hesse*, Saint-Claude-de-Diray.

RAG-TIME — LONDONIENNES — POÈMES ÉBOUILLANTÉS, 1996, *Gallimard*, collection « Poésie ».

CHIFFRE, 1996, *Éd. Tarabuste*, Saint-Benoît-du-Sault.

CHANTS D'UN AUTRE MONDE, 1996, *Éd. Tarabuste*, Saint-Benoît-du-Sault.

GREFFES DU TEMPS, 1996, *Éd. Tarabuste*, Saint-Benoît-du-Sault.

EN VOITURE, S'IL VOUS PLAÎT, 1996, *Éd. Tarabuste,* Saint-Benoît-du-Sault.

Théâtre

THÉÂTRE COMPLET. Illustrations de Catherine Seghers, *Éd. Hesse,* Saint-Claude-de-Diray.

PIÈCES INTIMISTES (Trafic — Chez les Titch — Les Miettes — Mo — Tu as bien fait de venir, Paul — L'entonnoir — Les Derniers Devoirs — L'Aquarium), 1993.

PIÈCES BAROQUES I (Mégaphonie — Les Mandibules — L'Amour des mots — Opéra Bleu — Le Roi Victor), 1994.

PIÈCES BAROQUES II (La Bataille de Waterloo — Aux armes, citoyens ! — Le Serment d'Hippocrate — Une souris grise — Un riche, trois pauvres — Les Oiseaux), 1994.

PIÈCES BAROQUES III (Black-out — Les Veufs — Clap — Le Délinquant), 1996.

Essais

LES SABLES DU TEMPS, 1988, *Éd. Le Tout sur le Tout,* Paris.

DROIT DE CITÉ, 1992, *Éd. Manya.* Collection Folio, 1994.

L'HOMME VIVANT, 1994, *L'Arpenteur-Gallimard.*

PERSPECTIVES, Illustrations de l'auteur, 1995, *Éd. Hesse,* Saint-Claude-de-Diray.

ART-SIGNAL, 1996, *Éd. Hesse,* Saint-Claude-de-Diray.

Carnets

LE CHEMIN DE SION (1956-1967), 1980, *Denoël.*

L'OR ET LE PLOMB (1968-1973), 1981, *Denoël.*

LIGNES INTÉRIEURES (1974-1977), 1985, *Denoël.*

LE SPECTATEUR IMMOBILE (1978-1979), 1990, *L'Arpenteur-Gallimard.*

MIROIR DE JANUS (1980-1981), 1993 *L'Arpenteur-Gallimard.*

RAPPORTS (1982), 1996, *L'Arpenteur-Gallimard.*

ÉTAPES (1983), 1997, *L'Arpenteur-Gallimard.*

Entretiens

UNE VIE, UNE DÉFLAGRATION, entretiens avec Patrick Amine, 1985, *Denoël.*

L'AVENTURE INTÉRIEURE, entretiens avec Jean-Pierre Pauty, 1994, *Julliard.*

CHOSES DITES, entretiens avec Pierre Drachline et choix de textes, 1997, *Le Cherche-Midi.*

COLLECTION FOLIO

Dernières parutions

2825.	Mircea Eliade	*Les dix-neuf roses.*
2826.	Roger Grenier	*Le Pierrot noir.*
2827.	David McNeil	*Tous les bars de Zanzibar.*
2828.	René Frégni	*Le voleur d'innocence.*
2829.	Louvet de Couvray	*Les Amours du chevalier de Faublas.*
2830.	James Joyce	*Ulysse.*
2831.	François-Régis Bastide	*L'homme au désir d'amour lointain.*
2832.	Thomas Bernhard	*L'origine.*
2833.	Daniel Boulanger	*Les noces du merle.*
2834.	Michel del Castillo	*Rue des Archives.*
2835.	Pierre Drieu la Rochelle	*Une femme à sa fenêtre.*
2836.	Joseph Kessel	*Dames de Californie.*
2837.	Patrick Mosconi	*La nuit apache.*
2838.	Marguerite Yourcenar	*Conte bleu.*
2839.	Pascal Quignard	*Le sexe et l'effroi.*
2840.	Guy de Maupassant	*L'Inutile Beauté.*
2841.	Kôbô Abé	*Rendez-vous secret.*
2842.	Nicolas Bouvier	*Le poisson-scorpion.*
2843.	Patrick Chamoiseau	*Chemin-d'école.*
2844.	Patrick Chamoiseau	*Antan d'enfance.*
2845.	Philippe Djian	*Assassins.*
2846.	Lawrence Durrell	*Le Carrousel sicilien.*
2847.	Jean-Marie Laclavetine	*Le rouge et le blanc.*
2848.	D.H. Lawrence	*Kangourou.*
2849.	Francine Prose	*Les petits miracles.*
2850.	Jean-Jacques Sempé	*Insondables mystères.*

2888. Philippe Beaussant — *L'archéologue.*
2889. Pierre Bergounioux — *Miette.*
2890. Pierrette Fleutiaux — *Allons-nous être heureux ?*
2891. Remo Forlani — *La déglingue.*
2892. Joe Gores — *Inconnue au bataillon.*
2893. Félicien Marceau — *Les ingénus.*
2894. Ian McEwan — *Les chiens noirs.*
2895. Pierre Michon — *Vies minuscules.*
2896. Susan Minot — *La vie secrète de Lilian Eliot.*
2897. Orhan Pamuk — *Le livre noir.*
2898. William Styron — *Un matin de Virginie.*
2899. Claudine Vegh — *Je ne lui ai pas dit au revoir.*
2900. Robert Walser — *Le brigand.*
2901. Grimm — *Nouveaux contes.*
2902. Chrétien de Troyes — *Lancelot ou Le chevalier de la charrette.*
2903. Herman Melville — *Bartleby, le scribe.*
2904. Jerome Charyn — *Isaac le mystérieux.*
2905. Guy Debord — *Commentaires sur la société du spectacle.*
2906. Guy Debord — *Potlatch* (1954-1957).
2907. Karen Blixen — *Les chevaux fantômes* et autres contes.
2908. Emmanuel Carrère — *La classe de neige.*
2909. James Crumley — *Un pour marquer la cadence.*
2910. Anne Cuneo — *Le trajet d'une rivière.*
2911. John Dos Passos — *L'initiation d'un homme : 1917.*
2912. Alexandre Jardin — *L'île des Gauchers.*
2913. Jean Rolin — *Zones.*
2914. Jorge Semprun — *L'Algarabie.*
2915. Junichirô Tanizaki — *Le chat, son maître et ses deux maîtresses.*
2916. Bernard Tirtiaux — *Les sept couleurs du vent.*
2917. H.G. Wells — *L'île du docteur Moreau.*
2918. Alphonse Daudet — *Tartarin sur les Alpes.*
2919. Albert Camus — *Discours de Suède.*
2921. Chester Himes — *Regrets sans repentir.*
2922. Paula Jacques — *La descente au paradis.*
2923. Sibylle Lacan — *Un père.*
2924. Kenzaburô Ôé — *Une existence tranquille.*
2925. Jean-Noël Pancrazi — *Madame Arnoul.*

2926.	Ernest Pépin	*L'Homme-au-Bâton.*
2927.	Antoine de Saint-Exupéry	*Lettres à sa mère.*
2928.	Mario Vargas Llosa	*Le poisson dans l'eau.*
2929.	Arthur de Gobineau	*Les Pléiades.*
2930.	Alex Abella	*Le Massacre des Saints.*
2932.	Thomas Bernhard	*Oui.*
2933.	Gérard Macé	*Le dernier des Égyptiens.*
2934.	Andreï Makine	*Le testament français.*
2935.	N. Scott Momaday	*Le Chemin de la Montagne de Pluie.*
2936.	Maurice Rheims	*Les forêts d'argent.*
2937.	Philip Roth	*Opération Shylock.*
2938.	Philippe Sollers	*Le Cavalier du Louvre. Vivant Denon.*
2939.	Giovanni Verga	*Les Malavoglia.*
2941.	Christophe Bourdin	*Le fil.*
2942.	Guy de Maupassant	*Yvette.*
2943.	Simone de Beauvoir	*L'Amérique au jour le jour, 1947.*
2944.	Victor Hugo	*Choses vues, 1830-1848.*
2945.	Victor Hugo	*Choses vues, 1849-1885.*
2946.	Carlos Fuentes	*L'oranger.*
2947.	Roger Grenier	*Regardez la neige qui tombe.*
2948.	Charles Juliet	*Lambeaux.*
2949.	J.M.G. Le Clézio	*Voyage à Rodrigues.*
2950.	Pierre Magnan	*La Folie Forcalquier.*
2951.	Amoz Oz	*Toucher l'eau, toucher le vent.*
2952.	Jean-Marie Rouart	*Morny, un voluptueux au pouvoir.*
2953.	Pierre Salinger	*De mémoire.*
2954.	Shi Nai-an	*Au bord de l'eau I.*
2955.	Shi Nai-an	*Au bord de l'eau II.*
2956.	Marivaux	*La Vie de Marianne.*
2957.	Kent Anderson	*Sympathy for the Devil.*
2958.	André Malraux	*Espoir — Sierra de Teruel.*
2959.	Christian Bobin	*La folle allure.*
2960.	Nicolas Bréhal	*Le parfait amour.*
2961.	Serge Brussolo	*Hurlemort.*
2962.	Hervé Guibert	*La piqûre d'amour* et autres textes.
2963.	Ernest Hemingway	*Le chaud et le froid.*

2964. James Joyce — *Finnegans Wake.*
2965. Gilbert Sinoué — *Le Livre de saphir.*
2966. Junichirô Tanizaki — *Quatre sœurs.*
2967. Jeroen Brouwers — *Rouge décanté.*
2968. Forrest Carter — *Pleure, Géronimo.*
2971. Didier Daeninckx — *Métropolice.*
2972. Franz-Olivier Giesbert — *Le vieil homme et la mort.*
2973. Jean-Marie Laclavetine — *Demain la veille.*
2974. J.M.G. Le Clézio — *La quarantaine.*
2975. Régine Pernoud — *Jeanne d'Arc.*
2976. Pascal Quignard — *Petits traités I.*
2977. Pascal Quignard — *Petits traités II.*
2978. Geneviève Brisac — *Les filles.*
2979. Stendhal — *Promenades dans Rome.*
2980. Virgile — *Bucoliques. Géorgiques.*
2981. Milan Kundera — *La lenteur.*
2982. Odon Vallet — *L'affaire Oscar Wilde.*
2983. Marguerite Yourcenar — *Lettres à ses amis et quelques autres.*
2984. Vassili Axionov — *Une saga moscovite I.*
2985. Vassili Axionov — *Une saga moscovite II.*

Composition Traitext.
Impression Bussière à Saint-Amand (Cher),
le 18 août 1997.
Dépôt légal : août 1997.
Numéro d'imprimeur : 1643.
ISBN 2-07-040348-3./Imprimé en France.

82614